Tout un monde lointain

DU MÊME AUTEUR

Les merveilles du monde, P.O.L, 2007

Georges Aperghis. Avis de Tempête, Intervalles, 2007

Le Patron, P.O.L, 2009

Carrare, P.O.L, 2011

Gil, P.O.L, 2015

Célia Houdart

Tout un monde lointain

Roman

P.O.L
33, rue Saint-André-des-Arts, Paris 6e

ISBN : 978-2-8180-4229-8
www.pol-editeur.com

Prologue

Monte Verità. Ascona. 1918. Un matin de printemps, une enfant âgée de deux ans à peine, un carré de tissu noué en guise de langes, le reste du corps nu, est debout au milieu d'herbes sauvages. Légers chatouillis sur les mollets, au creux du genou. Ses petits pieds aux orteils luisants de rosée progressent par à-coups et brefs déséquilibres. Un homme assis sur un banc en rondins tend les bras vers l'enfant et l'encourage en langue romanche. Il est torse nu lui aussi, vêtu seulement d'un pantalon de toile retroussé à mi-mollet et chaussé de sandales en cuir épais. Une barbe lui cache le menton et les joues. Des insectes se posent sur des fleurs d'ombelles puis s'envolent. Premières digitales. Au loin, le lac Majeur est comme une plaque de métal qui étincelle sous les rayons du soleil. *Bun dì, uffant... Brava.* L'homme applaudit doucement et encourage encore l'enfant qui, à chaque pas, paraît s'étonner du jeu des différents muscles sous sa peau. L'ombre d'un nuage passe. L'enfant s'arrête, regarde le sol devant elle, comme s'il lui fallait assembler les pièces d'un jeu difficile. Puis à nouveau elle avance, avec une détermination et un sérieux qui lui font serrer les poings. Soudain elle trébuche et croit basculer, quand l'homme, qui s'est approché d'elle, la retient du bout de ses doigts un peu repliés. L'enfant reconnaît le géant et lui sourit. On entend le crépitement d'un feu, et à l'autre bout de la prairie, on aperçoit un groupe d'hommes et de femmes habillés en clair. L'homme glisse alors ses mains sous les petits bras de l'enfant et la soulève. Dans le mouvement, elle a le temps de voir, sur le rebord du banc, une mouche qui se frotte la tête, puis, sur l'écorce du demi-rondin qui sert de dossier, des coulures de résine qui brillent et se figent en formant de petites perles. Sans prévenir, l'homme pivote alors sur lui-même et commence à faire tourner l'enfant qui se met à rire nerveusement. L'homme lui chante une chanson d'une voix douce tout en accélérant la ronde. La force centrifuge soulève les fins cheveux blonds et les petites jambes de l'enfant qui, bientôt, ne sourit plus. Un afflux de sang lui colore le visage et, quelques secondes plus tard, se retire en laissant ses joues pâles. Tout semble maintenant pris dans une sorte de tourbillon. Les yeux de l'enfant se brouillent. Le paysage avec eux. Le lac Majeur en arrière-plan n'est plus qu'une large masse bleue projetée sur les flancs verts et bruns des montagnes, dont elle assombrit les couleurs. Cela dure un moment. Quand l'homme s'arrête, lui et l'enfant sont étourdis. Ils s'observent, entendent le bruit de leurs deux respirations. L'enfant a un regard inquiet et chercheur. Le paysage redevient net. Dans le ciel s'élèvent de petits points rouges incandescents qui proviennent du feu. Au contact de l'air, ils noircissent et deviennent encore plus volatils. L'homme rapproche de lui le buste de la petite fille, le serre doucement contre sa poitrine puis, de la main droite, remonte le long de son dos, suivant les petites bosses que forment les vertèbres jusqu'au sillon de la nuque et l'arrière de son crâne. Il passe ses doigts à travers ses cheveux fins, puis il creuse la main et la place délicatement comme un coquillage au-dessus de la fontanelle. Sur le visage de l'enfant, on peut lire un mélange de joie et de terreur.

1.

Gréco connaissait bien cette route en corniche. À la lueur des phares, les bandes réfléchissantes des chevrons et des balises lui éclairaient fugitivement les mains, le visage et le cou, tantôt de gauche à droite, tantôt de droite à gauche, plus longuement et avec plus d'intensité dans les virages serrés. Elle roulait vitres ouvertes. La nuit était d'une tiédeur presque tropicale, inhabituelle pour le mois de juin. Gréco, fatiguée, se concentrait sur la route. Le vent caressait doucement sa nuque et ses longs cheveux, lui faisant tout autour du buste comme une grande écharpe d'air chaud. Elle se sentait protégée, à la fois séparée du dehors et unie à la nuit. Sa main droite quitta un instant le volant pour déclipser ses boucles d'oreilles, des topazes couleur champagne qui lui comprimaient un peu trop le lobe qu'elle avait eu, dès l'enfance, assez charnu, ce qui l'avait toujours complexée. Après une suite de lacets, avec des entrées de villas encadrées par des caméras de surveillance dont l'objectif brillait comme des yeux d'animaux dans l'obscurité, et un passage toujours un peu malodorant à cause d'une bouche d'égout ou de la proximité d'une décharge (ou les deux à la fois, Gréco n'avait jamais bien su), la route rétrécissait pour passer entre des parois rocheuses, puis elle devenait presque aussi étroite qu'une rue et continuait en pente douce jusqu'à ce qu'on découvre la mer. Gréco ralentit et, sans même essayer de se rapprocher du muret de pierres qui bordait la route, s'arrêta et coupa le moteur. En plein jour, c'eût été une folie de rester comme cela au milieu de la chaussée. À cette heure-ci, ce n'était pas non plus très prudent, mais Gréco ne percevant aucun son, aucune lueur au loin, jugea qu'elle pouvait s'arrêter un instant, se promettant bien sûr qu'au moindre signe, elle repartirait. La mer était calme, à la fois sombre et étincelante sous la lune. Gréco contempla cette étendue immense avec son feu central. Tout à l'infini était libre et ouvert. Ce n'était pas exactement la pleine lune, on voyait son disque immense et incomplet, mais il faisait étrangement clair. Une lumière blanche, un peu dure, qui avait quelque chose d'artificiel. Seul le frémissement de petites feuilles de chênes verts accrochés aux rochers en surplomb de la route venait troubler le silence. Gréco n'avait plus l'habitude de conduire la nuit, elle le voyait à la crispation de ses mains. « Il est tout de même trois heures du matin », se dit-elle. Avant de remettre en marche le moteur de sa voiture, elle ne put s'empêcher d'admirer une dernière fois la mer devant elle, presque aveuglante. En faisant le geste d'ouvrir sa boîte à gants pour prendre un bonbon acidulé – elle en avait toujours tout un stock –, elle se regarda dans le rétroviseur, faiblement éclairée par la petite liseuse du plafonnier.

« Oh ! Je suis complètement décoiffée. » Elle porta à sa bouche un des bonbons que, à l'aide de trois doigts, elle avait détaché d'un amalgame poisseux dans le sachet qui était au fond de la boîte à gants. Elle essuya le bout de ses doigts à un mouchoir, puis elle échafauda un château fragile de cheveux qu'elle fit tenir à l'aide d'une grosse pince qu'elle gardait toujours dans son sac. Elle fit pivoter sa tête, passant par brefs à-coups de faible amplitude d'une position à l'autre, comme font certains oiseaux ; de profil, puis de trois quarts, puis de face ; sans quitter des yeux le rétroviseur. « C'est mieux. » Au même moment, Gréco entendit le son d'une voiture au loin, qui prenait de la vitesse. « Même en pleine nuit, on ne peut pas être tranquille. » Sans attendre de voir des phares, elle fit redémarrer sa vieille Mercedes noire et partit.

*

Dix virages plus loin, elle était chez elle, plus exactement devant un portail automatique qui s'ouvrait très lentement, rendant son mouvement presque imperceptible. Le chemin était bordé de vieux ifs qui faisaient de grandes masses noires et d'où, à un moment de la nuit, montait toujours une fraîcheur.

*

Allongée, les paupières mi-fermées, Gréco scrutait de son œil bleu des ombres au plafond. Elle pensait à la respiration calme de la mer et oublia qu'elle revenait d'une soirée à Castellar. Elle remonta d'idée en idée, d'image en image, loin en amont dans le cours de ses pensées, dans un de ces pays mouvants, aux frontières incertaines. Elle voyait deux îles assez étroites. Des silhouettes sur des pelouses verdoyantes. « Où est-ce ? Où ? » Elle essayait de se rappeler, puis le vent se leva. Les ifs secouèrent leurs épines et leurs fruits. Gréco sentit un léger courant d'air, puis elle s'endormit.

2.

C'étaient les îles de Brissago sur le lac Majeur. Elle en était à peu près sûre maintenant en y repensant. Ce sont des images de cet endroit qu'elle avait eues en tête la veille au soir. Le jardin d'Antonietta Saint Léger, une journée d'automne. Le fond du bassin était tapissé de feuilles mortes. Elle avait gardé le souvenir de cette baronne qui parlait couramment le russe, l'allemand, l'anglais, passant d'une langue à l'autre au milieu d'une phrase et dont la beauté hypnotisait ses hôtes. Gréco était évidemment trop petite à l'époque pour comprendre les conversations, mais elle avait perçu, suspendues au-dessus d'elle, comme des lianes aériennes et des buissons légers de mots qu'elle avait trouvés très attirants. Pourquoi cette image au moment de s'endormir? Cette soirée l'avait tellement ennuyée. C'était peut-être à cause de ce vieux Russe originaire de Kazan, grand, maigre, au cou de héron et à la voix grave. Son accent était presque celui de la baronne de Brissago. La mémoire fait de drôles de sauts, pensa Gréco. Elle revoyait les résidents de Monte Verità réunis chez la baronne Saint Léger. Il y avait toujours de grands buffets. Viande séchée, gnocchis au beurre de sauge, fromages, vins, grappa, tout était délicieux. Les curistes d'Ascona s'y précipitaient et profitaient d'à peu près tout ce qui était proscrit le reste du temps dans la communauté. Ensuite ils tombaient endormis dans les chaises longues du jardin ou sur les pelouses. Cela amusait beaucoup la baronne, qui trouvait absurdes ces interdits alimentaires. La petite Gréco s'en moquait aussi mais elle n'exprimait pas les choses de la même manière. Dès qu'elle arrivait avec ses parents, elle filait tout de suite dans le coin des pâtisseries et des friandises : strudel, charlotte, soufflé, bavaresi, réglisse, sucre en poudre. En fin de journée, on la retrouvait se promenant dans les appartements, ou debout sur un fauteuil, se brossant les cheveux devant le miroir d'une coiffeuse, avec la bouche et les doigts tout collants.

Gréco versa un peu de thé dans une tasse japonaise verte et grenue. Le carrelage au sol, de grands losanges noirs et blancs disposés en damier, frappés par le soleil, renvoyait la lumière déjà intense du matin. Un losange blanc plus lumineux que les autres éclaira par en dessous le visage de Gréco. Elle but son thé en clignant les paupières.

3.

Le Russe originaire de Kazan que Gréco avait rencontré la veille venait d'acheter un appartement sur la route de Menton, dans une copropriété où il avait décidé de passer sa retraite. Il n'aimait pas du tout la décoration, les angelots ornant le jardin, les luminaires en verre travaillé du hall, les stores à rayures jaunes et orange visibles à chaque étage. « On dirait un hôtel yougoslave », avait-il dit. « Vous qui êtes du métier, comment améliorer les choses ? » Gréco lui avait conseillé d'arroser les petits amours pour que des lichens verts et gris les vieillissent un peu, pour leur donner un air plus authentique. Elle lui avait suggéré aussi de regarder le catalogue Mercier, car ils avaient une jolie gamme de stores bateaux unis. Surtout elle lui avait dit qu'elle aimait beaucoup, elle, les hôtels en Yougoslavie. La dernière fois qu'elle était allée à Zagreb, elle avait trouvé qu'ils avaient vraiment du style et que leurs verriers étaient aussi forts que ceux de Bohême. Elle avait demandé malgré tout à voir les appliques, ajoutant : « Mais si vous voulez, vous pouvez toujours décrocher un soir tous les verres des lampes de l'entrée. Et remplacer l'éclairage par des ampoules tungstène standard 60 watts, nues, filament visible. »

Lui, à la fois gêné et ahuri, avait répondu :

– Ah bon. Vous croyez ?

– Oui ! Ils trouveront ça très beau, les copropriétaires. Vous verrez. Il faut essayer.

– Vous avez l'air vraiment calée. Puis-je avoir vos coordonnées, au cas où ?

– Si vous voulez. Voici ma carte. Mais je ne travaille plus beaucoup, vous savez.

Le Russe avait déchiffré lentement le petit bristol imprimé, cherchant la bonne distance pour le lire sans lunettes.

– Vous êtes russe ?

– Mes parents étaient russes. Moi, je suis née dans le Tessin, à Ascona, en Suisse. Je comprends à peu près le russe mais je ne le parle plus. J'ai tout oublié.

– Lud-mi-la Gre-cov-ska-ya.

– Oui, mais vous savez, tout le monde m'appelle Gréco.

– Comme la chanteuse ?

– Comme Juliette Gréco, exactement.

– Cela ne vous a pas gênée dans votre carrière ?

– Pas du tout, figurez-vous. Et puis j'adore Juliette Gréco. Sa voix, ses yeux, ses longues mains expressives, dont on dirait qu'elles pensent. Je l'ai rencontrée une fois à la Coupole. Nous nous sommes parlé. Cela l'avait troublée que nous portions le même nom : « Heureusement que nous n'exerçons pas le même métier », avait-elle dit en riant. « Il y a le peintre de

L'Enterrement du comte d'Orgaz, vous et moi. Ce n'est pas trop mal, non ? » « Et puis ce que j'ai vu de vous dans les magazines est tellement beau. Cela me va très bien que l'on nous confonde, finalement. »

Le Russe n'écoutait plus Gréco depuis un moment. Il leva les yeux une nouvelle fois du petit bristol.

– Ensemblière ?

– Oui.

– C'est-à-dire ?

– Décoratrice, si vous voulez. Mais je préfère vraiment ensemblière, ce n'est pas tout à fait la même chose.

Gréco avait laissé flotter volontairement autour de ce mot une sorte de mystère pour se débarrasser de son interlocuteur qui, déconcerté et incapable d'avancer dans le vide laissé par cette réponse, avait glissé la carte dans la poche de sa veste sans rien demander de plus. Gréco l'avait abandonné sur la terrasse et elle était partie dans le salon où se trouvait un serveur qui tenait un plateau de flûtes de champagne. Elle avait éprouvé un tel soulagement à s'en aller, comme si elle avait réussi à s'extirper de sables mouvants ou d'un marécage.

4.

Parmi les occupations dont le retour régulier ponctuait les journées de Gréco, il y avait une promenade matinale sur un chemin qui longeait une voie ferrée puis s'en écartait, pour suivre la côte en léger surplomb de la mer. Ce chemin s'appelait le sentier des douaniers. Gréco partait généralement vers les dix heures. Elle marchait assez longuement et revenait pour le déjeuner. Dès le matin, près de la voie ferrée bordée de buissons, cela sentait le goudron et les pierres chaudes. Les trains avec leur motrice au profil en nez cassé passaient à peu près toutes les heures, en s'inclinant dans le virage et en émettant un sourd fracas qui s'éloignait, ou persistait, s'il était porté par le vent. En quittant les abords de la voie ferrée, le paysage et l'ambiance changeaient du tout au tout. Il faisait soudain plus sombre, plus frais. La végétation tamisait la lumière. Le sol était vert clair avec des zones plus foncées que faisaient briller, ici et là, des filets d'eau provenant de quelque source, ou de la piscine de l'une des propriétés bâties sur les hauteurs, et dont la vidange était parfois pratiquée de manière sauvage, au mépris de la loi, des éboulis, des glissements de terrain, de la pollution des sols et de l'eau de mer. Gréco croisait deux ou trois personnes en moyenne, beaucoup plus, bien sûr, l'été, ce qui l'encourageait à être, de la fin juin aux premiers jours de septembre, beaucoup plus matinale.

Au début de la promenade, on ne voyait pas tout de suite la mer, ni même les rochers en contrebas. C'est à peine d'ailleurs si l'on comprenait où le chemin vous conduisait. Des cactus et des agaves sortaient de sections de grillage comme des langues. Puis soudain, sur la droite, il y avait une large trouée, un point de vue très dégagé sur une plage de galets généralement déserte : la plage du Buse. Ce matin-là, deux transats bleus et un parasol orange se détachaient sur le gris des galets. Au loin, on voyait Monaco et ses immeubles élevés, durs selon Gréco, sans caractère, qui ne parvenaient ni à s'imposer ni à se fondre dans le paysage, malgré leur structure de coraux et leur couleur de terre cuite. Gréco continuait toujours le chemin un peu plus loin. À nouveau, c'était comme un rideau qu'aussitôt ouvert on aurait refermé. On ne voyait pas à cinq mètres, tant la végétation était dense, serrée, occultant presque aussi le ciel. Sur la droite, une petite porte grillagée et cadenassée venait interrompre le rythme d'une haie. On distinguait un chemin étroit jonché de citrons et d'oranges et, plus loin, un plan de béton blanc qui était un toit. Peu de monde le savait et pour ceux qui le savaient, c'était comme un secret bien gardé : cette porte permettait d'accéder, en passant sous des arceaux de verdure et dans une odeur de feuilles, d'agrumes et d'humidité, à la maison d'Eileen Gray, la villa E.1027.

Gréco restait souvent là, méditative, à observer ce bâtiment enfoui dans la verdure. Cela pouvait durer un temps très variable. Puis Gréco reprenait la direction du Cap-Martin.

Ce matin-là, Gréco marcha jusqu'à un point de vue sur la mer et la côte, rayé par la grande hampe d'un agave en fleur. Il faisait une chaleur un peu moite. Gréco portait une robe-chemise bleu marine serrée à la taille et des espadrilles. La sueur lui dessinait des taches sombres dans le dos et sous les bras. Elle souffla quelques secondes puis repartit.

À un moment, il fallait franchir une passerelle métallique suspendue au-dessus du vide et des rochers. Le terrain était plus sec et caillouteux, avec des racines d'arbres entrecroisées qui affleuraient. À la fin du sentier se dressait, dos à la mer, le buste en bronze de Le Corbusier, avec nœud papillon et lunettes rondes cerclées de fer. Ses petits yeux très enfoncés dans leur orbite lui faisaient une tête de mort. Plus loin, un panneau indiquait « baignade interdite ». Tout ici rappelait la noyade après un arrêt cardiaque de l'architecte suisse, le 27 août 1965, au large de la plage du Buse. Gréco en arrivant à cet endroit feignait généralement d'ignorer Le Corbusier et son regard triste. De toute façon, ce jour-là, on le reconnaissait à peine, tant les reflets du ciel sur sa peau de bronze brouillaient ses traits. Gréco observa plutôt la côte, cherchant les autres pointes après le Cap-Martin : la Mortola et Bordighera qui, au loin, apparaissaient comme des îlots à l'écart du monde. Gréco pouvait rester là assez longuement. Elle aimait ensuite s'asseoir à la terrasse du Vista Beach, un bar-restaurant avec parasols et lits de plage blancs, où l'on pouvait entendre de la variété italienne. Tôt en semaine, il n'y avait personne. Ce matin-là, le bruit des vagues couvrait les mots de la chanson que diffusaient de mini-enceintes noires et rondes fixées à des pieds de parasol.

Des nuages commencèrent à s'accrocher aux montagnes qui dominent

Monaco. Gréco découvrit sur la chair de son mollet une petite morsure rose de taon mais celle-ci ne lui faisait pas mal. Un garçon sortit d'un bâtiment à toit plat, tout en longueur. Gréco lui commanda un café et un croissant fourré. Le garçon, gêné, lui dit qu'ils attendaient le livreur de cornetti qui avait été retenu à Ponte di San Ludovico, tout près de la frontière italienne. Il fallait patienter. Gréco fuma une cigarette. Elle lut en diagonale le quotidien local tenu par une longue baguette d'acajou. Elle sentit quelques gouttes sur son visage. La pluie fit de petits ronds sur le papier du journal. Il y eut une légère brise et la pluie cessa. Quelques minutes plus tard, le garçon servit à son unique cliente son croissant sur une petite assiette. Gréco pensa à des cafés italiens – à Milan, Turin, Padoue – oubliés et soudain resurgis. Au-dessus de Monaco, les nuages maintenant pesaient et tout le ciel s'assombrissait. D'ardoise, il devint gris-bleu puis noir. Gréco pensa que c'était le moment de partir.

5.

Gréco reprit le sentier dans l'autre sens. Le nouveau point de vue et la lumière légèrement diminuée révélaient des zones rocheuses. Des arbustes squelettiques se découpaient à contre-jour. La grande passerelle métallique semblait toujours moins vertigineuse dans ce sens-là, parce qu'on avait déjà apprivoisé les vides et les accidents du paysage. Gréco se trouvait à nouveau à la hauteur de la grille de la villa E.1027. De là, elle bifurqua, prit un autre chemin perpendiculaire au sentier des douaniers, mais plus étroit et ombragé, qui descendait vers la mer. La terre était humide. Gréco regardait où elle mettait les pieds pour ne pas glisser. Sur la gauche, une nouvelle grille permettait d'apercevoir, derrière les agrumes, un angle de béton peint en blanc qui était un autre bout du toit de la villa. Un rideau de bambous verts masquait tout le reste du bâtiment.

En descendant les marches creusées dans la roche qui formaient une sorte de rampe en pente douce vers la plage, Gréco se retournait régulièrement pour mieux profiter de la révélation progressive de ce pour quoi elle venait tous les jours, et qu'elle connaissait pourtant par cœur : la villa. Les nuages s'éloignaient. Sur la plage, il y avait maintenant une femme qui lisait à l'ombre du parasol. Deux autres, allongées sur les transats, prenaient le soleil. Un homme plus âgé était assis sur une chaise pliante en toile face à la mer. À côté de lui, un parasol était rangé dans son étui. Gréco alla s'asseoir un peu plus loin sur les galets. De la plage, la villa apparaissait comme un navire blanc mis en cale sèche à flanc de colline. Gréco admira longuement les lignes, les ouvertures, les jalousies de bois, le balcon-coursive qui ressemblait à un bastingage, l'étrange verrière comme une cheminée de paquebot dépassant du toit, l'équilibre du tout. Même abandonnée, un peu délabrée, la villa l'émerveillait encore.

Le ciel était maintenant dégagé. Il faisait bon. Gréco se leva, retroussa sa robe au-dessus des genoux, comme les femmes d'autrefois s'apprêtant au bain, et elle avança quelques mètres dans l'eau.

6.

La villa qu'habitait Gréco était, elle aussi, bâtie au flanc d'une colline. C'était une maison Belle Époque qu'elle avait totalement réaménagée. Avec une grande terrasse qui longeait la façade, un jardin en deux parties. D'un côté les ifs et de l'autre les aloès et les figuiers de Barbarie. Les chantiers successifs qu'avait connus la colline avaient fait ébouler les roches. De sorte que, dans le jardin, on trouvait presque autant de pierres que de plantes. De petits blocs et de gros cailloux, dispersés ou formant des îlots après avoir roulé sur eux-mêmes.

Pour rejoindre la maison à pied depuis la route, il fallait suivre un chemin montant, bordé de grands pins et de palmiers, dont le point de départ se trouvait derrière une porte étroite en bois, protégée par un code. Gréco avait déjà franchi cette porte et elle n'était plus très loin de chez elle. Elle avançait d'un pas tranquille, mais elle avait le souffle court et cherchait un peu l'air. Elle sentait les petits cailloux à travers la semelle de corde de ses espadrilles, et elle avait le bas de la jambe droite douloureux, par brèves poussées, car la piqûre de taon lui avait progressivement gonflé le mollet. En revenant de la plage, elle n'avait vu personne. Elle avait juste croisé, venant en sens inverse, une voiture qui roulait à vive allure, vitres ouvertes, dont le passager avant, un homme jeune, les cheveux bruns coiffés en frange, avait jeté par la fenêtre une canette de soda vide, qui fit plusieurs rebonds sur le bitume, avec un bruit d'abord sec et creux, puis de plus en plus sourd, avant d'atterrir sur le trottoir en ciment, tout près de Gréco. Elle avait adressé à l'homme de grands gestes scandalisés, paume ouverte, doigts écartés, fouettant l'air, dans un geste d'apprenti sorcier cherchant à former dans le ciel, juste au-dessus d'un ennemi, un orage ou un phénomène violent. Mais la voiture avait déjà disparu dans le virage. Gréco avait marché une centaine de mètres en tenant la canette entre le pouce et l'index et l'avait lancée dans une benne qui se trouvait un peu plus loin.

Maintenant dans son jardin à l'écart de la route, Gréco n'entendait plus que le léger chuintement du vent dans les cimes et les plantes, et le chant peu à peu effacé d'une tourterelle. Elle entra chez elle par l'escalier qui, sur le côté, menait au perron.

Gréco traversa son grand salon et le coin dressing, pour rejoindre une autre pièce très aérée qu'elle avait aménagée en buanderie. Elle suspendit sa serviette de bain à un filin dont les deux extrémités étaient fixées aux murs. Elle avait imaginé ce système à cet endroit, et fait percer des fenêtres hautes à l'abri des regards, car elle avait toujours trouvé gênant de montrer du linge en train de sécher. Gréco glissa ses pieds nus hors de ses espadrilles, elle retroussa à nouveau sa robe et, dans la douche à l'italienne qui occupait un coin de la pièce, elle se rafraîchit, passant une jambe, puis l'autre, sous l'eau froide, en insistant sur la zone congestionnée par la piqûre de taon.

*

L'été, Gréco déjeunait volontiers d'une tranche de melon, de quelques olives et petites figues de vigne. Puis elle dormait un moment. Au milieu de l'après-midi, si le soleil était encore haut et brûlant, alors elle lisait, allongée sur un canapé, attendant qu'au-dehors la vibration de chaleur s'atténue. Elle achetait toujours des revues et des magazines : *Art in America*, *L'Œil*, *Vogue*, *Interni*, même si elle reconnaissait avoir de plus en plus de mal à sentir l'air du temps, dire de quoi il était composé. Elle le trouvait plus volatil ou alors c'était elle qui avait changé. Elle ne savait pas.

Depuis trente ans, elle était abonnée au journal *Le Monde* qu'elle lisait encore souvent de la première à la dernière ligne. Et elle demandait à son marchand de journaux qu'il lui mette de côté, dès qu'il le recevait, *The New York Times*, pour entretenir son anglais, mais surtout parce qu'elle trouvait particulièrement belle la typographie gothique du titre redessinée à la main par Edward Benguiat.

Lorsque Gréco sortait sur la terrasse après un après-midi de lecture, elle avait encore des milliers de petites lettres noires qui vibraient devant ses yeux comme une nuée de moucherons, et il lui fallait parfois plusieurs minutes avant de les voir disparaître tout à fait.

Cet après-midi-là, elle n'était pas même sortie. Elle préféra classer de vieux dossiers datant des débuts de son agence et des photos de voyage laissées en vrac dans de grandes boîtes rectangulaires, reportant toujours à plus tard le tri d'archives qui dormaient dans des cartons et qu'elle n'avait jamais eu le cœur d'ouvrir, pressentant que ceux-ci contenaient des choses qu'elle redoutait.

7.

Le lendemain Gréco se rendit au marché de Roquebrune. Les gens du pays étaient les plus matinaux, ensuite arrivaient les touristes. Gréco aimait l'ensemble que constituaient ces grands parasols dont la toile filtrait la lumière. Les tables pliantes sur lesquelles étaient disposées des tresses d'ail. Les citrons confits conservés dans des seaux transparents remplis de saumure, les pyramides d'épices dans leur corbeille en raphia. Le sourire étrusque du traiteur et fabricant de pâtes italien. L'odeur forte d'olive et de cumin et celle, presque écœurante, d'huile chaude émanant d'une large poêle à frire où crépitaient des barbajuans, de petits beignets locaux farcis aux blettes, au riz et au parmesan.

Au croisement de l'avenue Aristide-Briand et de l'avenue des Diables-Bleus, Gréco guettait toujours, au troisième étage d'un petit immeuble, une femme qui se tenait dans l'encadrement d'une fenêtre. Elle apparaissait en silhouette, derrière un rideau de tulle. On ne savait pas ce qu'elle regardait. Qui elle était. C'était la femme-dans-la-fenêtre. Elle était toujours là. Gréco, lorsqu'elle faisait la queue chez le primeur ou le poissonnier, se penchait un peu pour observer les moindres changements de cette image dans son cadre : une inclinaison imperceptible de la tête ou du buste, un bras plus en arrière, une oscillation du rideau. À l'aide de ces menus indices, Gréco tâchait d'imaginer l'humeur de cette femme, quelques éléments de sa vie. Ce jour-là, la femme s'éclipsa un instant de sa fenêtre. Gréco resta paralysée au milieu de la queue, jusqu'à ce qu'une voix lui demandât d'avancer. C'était bientôt son tour. Elle dut faire un effort pour se concentrer. Tandis qu'elle soupesait dans sa main un melon, elle vit soudain devant elle un grand type mince coiffé d'un panama entouré d'un ruban de soie noir, qui la regardait. « Oh! c'est vous? comme c'est drôle! » À dire vrai, elle ne trouvait pas cela très drôle, mais elle était tout de même étonnée. C'était le Russe qu'elle avait rencontré, deux jours plus tôt, lors de cette soirée à Castellar. Son long cou d'échassier sortait d'une chemise de sport couleur pistache. Il fixait Gréco d'un regard aigu. « Vous voyez. On ne se quitte plus », lui dit-il. « Allons boire un café ou l'apéritif. » Gréco respira un autre melon pour gagner du temps et inventer quelque chose. L'autre soir, il l'avait tellement fatiguée avec ses questions. Elle fit un signe de la tête au maraîcher : « Je le prends, avec un kilo de tomates à farcir, des haricots verts, une botte de carottes et deux aubergines violettes. » Le maraîcher montra la petite bassine à fond plat, suspendant un instant le geste de la remplir.

« Plus ou moins, les haricots verts ? » « Vous pouvez en mettre encore une bonne poignée. » Le Russe se tenait un peu de côté, il attendait toujours une réponse. Gréco rangea ses courses, presque maniaquement, pour différer encore le moment de répondre. Puis elle s'adressa comme elle put au grand Russe, prétextant un rendez-vous important à Monaco en fin de matinée pour lui échapper. Ce n'était pas du reste un complet mensonge puisqu'elle avait rendez-vous avec son avocat plus tard dans la journée. Gréco demanda juste, le plus aimablement possible :

– Alors, vos verres de lampes, vous les avez décrochés ?

Il rit.

– Non, je n'ai pas encore osé. Mais je tenterai.

– Vous verrez, vous serez surpris.

Gréco prit congé de lui, en faisant un léger signe de la main, l'autre serrant l'anse de son panier d'où dépassaient des fanes de carottes et l'arrondi d'une fougasse. Pour quitter plus vite l'allée principale, Gréco emprunta un petit passage qu'elle connaissait, à la hauteur d'un stand où une jeune femme vendait des bijoux en pierres semi-précieuses. Elle longea plusieurs étals par l'arrière, du côté réservé au stockage. Un poissonnier âgé se baissait avec prudence et lenteur pour ramasser des oursins qui étaient tombés. Plus loin, un marchand de produits orientaux s'épongeait le front et le cou avec un mouchoir. À cet endroit du marché montait toujours une odeur de coquillages et d'anis.

Gréco porta son regard à nouveau sur le petit rideau de tulle de l'immeuble du bout de la place, guettant une dernière fois la femme-dans-la-fenêtre. Elle était revenue. Gréco se demanda si elle la reverrait le jeudi suivant, tant elle craignait d'une fois sur l'autre qu'il ne lui arrivât quelque chose.

8.

Gréco détestait Monaco. Elle trouvait la ville laide. Elle n'aimait que le Centre océanographique avec ses faux fonds sous-marins, sa raie guitare et ses murènes vertes. Elle préférait bien sûr les façades peintes du Vieux Nice, ou les pamplemoussiers de Menton et les jardins du Palais Carnolès. Mais l'avocat en charge de ses affaires et qui la conseillait depuis près de dix ans, c'est-à-dire depuis la vente de son agence et son installation à Roquebrune, habitait Monaco. Il fallait qu'elle le voie de temps en temps. Car c'est aussi à lui qu'avait été confiée la mission de débrouiller l'écheveau très emmêlé de la succession

Sthol, le collectionneur zurichois, dernier propriétaire de la villa E.1027, dont la mort violente avait bouleversé tout le monde. Le postier l'avait retrouvé sur sa terrasse, des fleurs artificielles probablement volées au cimetière, mêlées à de vraies tiges de rosier, enfoncées en bouquet dans la poitrine. On avait tout de suite pensé à un crime passionnel. La police soupçonnait le jardinier avec qui Sthol entretenait, disait-on, une relation équivoque et qui était parti le jour même pour Barcelone. Ensuite le jardinier avait été signalé dans un bar à Ibiza, puis on avait complètement perdu sa trace.

Gréco avait très bien connu Alexander Sthol. C'était un ami. Ils dînaient souvent en tête-à-tête dans la villa E.1027 qu'ils aimaient tous les deux. Sa mort lui avait causé une grande douleur. On avait convoqué Gréco pour identifier Sthol. Elle n'avait jamais pu oublier ce corps hérissé de fleurs aux pétales de plastique et de porcelaine. Les vraies roses qui ne semblaient pas vouloir faner, et ce visage surtout, où on pouvait encore lire, si on s'attardait à l'examiner, si on avait la patience et le courage de le regarder vraiment, l'expression douce, fière et triste de ceux qui semblent avoir été comme prévenus par une voix secrète que leur mort allait être quelque chose d'affreux, et qui gardent, à l'instant de mourir et dans les heures qui suivent, un air étrangement calme et posé. Alexander Sthol n'avait pas d'enfant mais un neveu qui vivait à Los Angeles, dont il avait fait son héritier par testament, ce que contestait la mère du garçon, la sœur de Sthol, avec qui il avait toujours entretenu des rapports exécrables. La sœur réclamait sa part et la vente de plusieurs œuvres que son frère avait acquises et qui, depuis sa mort, avaient été mises à l'abri, avec surveillance hygrométrique et thermique, dans le coffre-fort d'une banque zurichoise. Un tableau de Poliakoff. Un Juan Gris. Une gravure de Morandi. Et l'*Arbre argenté* de Mondrian, dont le Centre Georges-Pompidou avait à plusieurs reprises fait savoir qu'il voulait absolument l'acquérir. La situation était bloquée depuis cinq années. Des scellés avaient été apposés sur toutes les portes et portes-fenêtres de la maison. Ce qui n'avait pas empêché des voleurs d'entrer, en pleine journée, pour dérober des tapis, de la vaisselle, une chaîne hi-fi ; ils avaient arraché des portes de placards, une tablette de secrétaire, des éléments de plomberie, laissant après eux les tuyaux des deux salles de bains sectionnés à la pince comme des griffes cassées, arrêtées dans le vide. En revanche, ils avaient démonté avec beaucoup de soin, dévissant chacun des écrous, le miroir satellite conçu en 1927 par Eileen Gray, et qui consiste en un petit miroir pivotant autour d'un grand. Objet dessiné sur mesure, pour permettre à Jean Badovici, l'ami d'Eileen Gray, de se raser facilement la nuque, et que les voleurs, sans rien savoir sûrement de toute cette histoire, avaient dû simplement trouver beau.

Gréco prenait rendez-vous tous les mois avec son avocat pour faire le point sur ses biens : une boutique dont elle possédait encore les murs à New York, les droits d'auteur de quelques-unes de ses créations qui se vendaient encore assez bien (une ligne de canapés, des chaises, un lustre, un service à thé noir et argent) et les actions qu'elle avait gardées au sein de son ancienne agence. À chaque nouvelle visite, c'est de lui-même que l'avocat informait Gréco de l'avancée de la succession Sthol, dont ils savaient très bien tous deux que la villa E.1027 constituait le bien le plus précieux. L'avocat avait promis à sa vieille cliente et désormais amie que si la villa était mise en vente, elle serait pour elle. Gréco la voulait à n'importe quel prix. Elle était disposée à vendre la boutique de New York et ses actions. Mais tout était bloqué depuis plusieurs années. Un cabinet de Los Angeles avait demandé un complément d'enquête dans l'espoir un peu vain de récupérer aussi, un jour, les quelques pièces volées, dont le miroir satellite, qui avaient dû être vendues à un marché aux puces en France ou en Italie.

9.

Gréco rentra de son rendez-vous à Monaco inquiète mais non résignée. Son avocat gardait espoir. Et puis, tant que la villa était encore vide, rien ne venait gêner ses promenades quotidiennes, ni l'intimité qu'elle entretenait avec ce lieu. Gréco repensait à cela au volant de sa vieille Mercedes noire sur la départementale 6007 aux abords de Roquebrune, puis en longeant le contrefort rocheux qui portait la partie sud du village et depuis lequel on pouvait voir, en ralentissant et en regardant sur la droite, au bout d'un terrain en friche, les vestiges d'un pont romain.

Sur le parking de la gare, généralement désert à cette heure, se trouvait un Ford Transit jaune. Gréco le remarqua mais n'y prêta pas vraiment attention. En rentrant chez elle, elle reçut un appel d'Esther, sa grande amie italienne, urbaniste à la retraite. Elles s'étaient connues à Paris au début des années 1950. Esther était très impliquée dans la sauvegarde du Palais des Expositions de Turin. Une gigantesque coque cylindrique en tonnelle, construite en 1947 par Pier Luigi Nervi, sur la rive gauche du Pô, et dont le délabrement progressif inquiétait beaucoup les amateurs d'architecture, mais surtout les organisateurs de salons et les visiteurs, qui arpentaient les allées des expositions le regard inquiet et le cou tordu, constatant ici et là les minces fissures qui se formaient sur l'édifice, lequel, à mesure qu'il se lézardait, excitait de plus en plus la convoitise des promoteurs immobiliers. Esther avait proposé une commission d'enquête sur la maladie du ferrociment. Des sondages avaient été effectués à plusieurs endroits du bâtiment. La commission avait conclu qu'il était tout à fait possible de réparer les parties les plus corrodées de ce grand vieux squelette de poteaux et de poutres. Le projet de rénovation avait reçu le soutien d'un comité scientifique réuni par Esther, qui comprenait des historiens de l'architecture, des urbanistes, un ingénieur en génie civil, une journaliste du *Corriere della Sera*, des professori et dottori éminents. Tous s'étaient accordés sur la nécessité de sauver ce haut lieu du patrimoine architectural et avaient adressé un courrier à Giulio Andreotti, le président du Conseil, pour l'avertir de l'urgence des travaux à accomplir. Après cinq ans, des filets qui avaient simplement été tendus sous les zones les plus abîmées formaient comme des toiles d'araignée au-dessus du vide. Gréco soutenait ardemment sa vieille amie Esther dans toutes ses démarches, saluant sa patience et sa ténacité, face à tous ceux qui rêvaient de voir ce géant abattu à coups de masse ou de dynamite. Gréco promit à Esther de venir la voir quelques jours à Turin. Peut-être en octobre. Elle aimait beaucoup cette ville que surplombent les collines et les Alpes, avec ses arcades, ses cafés à grands miroirs et pavements en rose des vents. Mais depuis un an, Gréco se sentait moins le courage de voyager. En fin de conversation, Esther lui avait rappelé que de Nice, il y avait maintenant plusieurs vols par jour à destination de Turin. Gréco lui avait répondu : « Tu sais, j'ai redessiné l'intérieur du Concorde. Alors, les coucous d'Easy Jet, avec leurs têtières orange en polyester. Les mignonnettes de whisky que l'on ne vous offre même pas et que l'on verse soi-même dans des gobelets en plastique. Non, il ne faut pas exagérer. » Et elles avaient éclaté de rire.

Ce jour-là, Gréco et Esther avaient eu de la peine à clore leur conversation. Elles étaient si complices. Quand Gréco raccrocha le téléphone sur sa base, son humeur s'altéra subitement. Elle sentit le retour de la tristesse qui l'envahissait parfois, pouvant la tyranniser et rendre sa vie si sombre, sans qu'elle ait jamais su ni où ni vers quoi se tourner pour la dissiper. Elle qui avait tant voyagé, aimé le mouvement de la vie et du monde, elle qui avait toujours adoré cet endroit de la Côte d'Azur qu'elle avait élu maintenant pour vivre. D'où lui venait cette tristesse étrange qui, depuis peu, revenait, moins qu'avant et moins douloureusement, mais qui la paralysait parfois une journée entière.

Elle sortit prendre l'air. Il faut dire que la chaleur s'était emmagasinée tout au long de la journée dans le salon. Il devait faire meilleur sur la terrasse. Gréco se leva, glissa un pan de la baie vitrée le long de son rail et ouvrit cette grande fenêtre sur la nuit. Dehors soufflait une légère brise. Gréco se dit qu'elle passerait la soirée là. Cela lui ferait du bien. Il y avait une petite table, des chaises confortables.

Elle dîna d'un fromage de chèvre frais avec un morceau de fougasse et un verre de gaillac. Une poussière vola sur son assiette et quelques secondes plus tard craqua sous sa dent. Gréco fronça les sourcils et tendit la main pour prendre son verre qu'elle but d'un trait. Elle crut un instant que le vin avait emporté la poussière. Mais elle sentit encore un picotement au fond de la gorge qui la gênait. Elle se rendit dans la cuisine et but cette fois un grand verre d'eau, debout, le cou légèrement étiré et en tenant son verre bien penché. Le cartilage du larynx montait et redescendait au passage du liquide. Cette fois, il sembla à Gréco que la poussière avait franchi sa gorge. Elle se réinstalla dehors. Elle n'avait plus faim. Elle entendit le dernier train gronder au loin. Il commençait à être tard. Gréco sentait encore en elle un poids. Elle avait un bras posé sur la table, l'autre sur sa cuisse. Les manches courtes de son chemisier laissaient voir ses avant-bras, ses muscles tout en longueur sous sa peau sombre et un peu fanée. À un moment donné, il y eut un craquement au fond du jardin. Une bête invisible détala dans l'obscurité. Peut-être un chat ou un renard. Gréco attendit un peu, puis elle se souleva doucement de son siège, s'appuyant sur les accoudoirs, et elle déplia lentement son long corps mince. Elle se sentit soudain très âgée. Tâchant de faire le moins de bruit possible, elle avança sur la terrasse, quitta la zone éclairée par la lumière électrique et commença à fouiller des yeux le noir. Plus un bruit. Gréco observait le jardin immobile, le mur vert foncé des feuilles devant elle, et après, le fond plus uni du ciel. Ce silence n'était pas vide, mais épais, actif. Traversé par une vie, une invisible palpitation, quelque chose que la nuit elle-même semblait contenir et dérober à la fois. Moins un secret qu'une promesse.

*

Gréco s'endormit avec à nouveau des images en tête. Un paon sur un muret, un bassin tapissé de feuilles mortes, la silhouette d'un l'homme tenant l'anse d'un seau, se découpant en sombre sur le fond vert clair d'une prairie où poussaient des graminées. Étaient-ce encore des images du jardin d'Antonietta Saint Léger ? Des souvenirs de la colline d'Ascona ? Gréco dans son demi-sommeil faisait des efforts pour identifier cette suite de plans, comme issus d'un film privé de sa bande-son, qui venaient s'inscrire dans son cerveau. Était-ce le début d'un rêve ? ou un paysage intérieur qui offrait une entrée dans sa tristesse ? Ces images lui laissèrent en tout cas une sensation paradoxale, à la fois solaire et glacée. Gréco s'endormit, exténuée par cette enquête dans les profondeurs de sa mémoire inquiète.

10.

Le lendemain matin, sur le chemin de sa promenade, Gréco vit que la camionnette Ford jaune était encore là. Elle s'arrêta à sa hauteur, intriguée. Le soleil étincelait sur le pare-brise constellé d'éphémères. La carrosserie était tachée de rouille et elle avait été, par endroits, enfoncée. Les parties les plus abîmées, le capot et une aile, avaient été repeintes à la bombe d'une couleur, un jaune pâle, qui n'était pas raccord avec le jaune d'origine. À la place de la vitre de la portière de gauche, il y avait un bout de carton découpé qui tenait avec du scotch de déménagement, et du tissu péruvien aux bandes de couleurs vives occultait toutes les autres vitres. « C'est très 1970 mais le tissage et les coloris sont beaux », pensa Gréco. Tout en continuant son inspection, elle jeta un œil à la plaque minéralogique : 49. Maine-et-Loire. Gréco s'amusa de sa propre mémoire mécanique. On ne voyait rien de l'habitacle de la camionnette, mais cela suffisait à Gréco, qui préféra poursuivre sa promenade. Les heures précédant midi, avec leur lumière particulière qui laissait voir tant de nuances et précisait le contour des choses, offraient tous les jours comme une fête qu'elle ne voulait pas rater. Gréco s'éloigna. Avenue de la Gare puis sur le sentier des douaniers, elle ne rencontra personne. En entrant dans la zone ombragée, il y avait toujours cette odeur âcre et fraîche. Gréco s'arrêta devant la porte grillagée de la villa E.1027 par habitude, mais surtout par attachement à cette maison sur laquelle elle veillait avec un soin amoureux. Tout de suite, quelque chose retint son attention. Depuis le cambriolage, la porte grillagée n'était plus fermée à clé mais un cadenas faisait office de serrure. Ce matin-là, le cadenas et sa petite chaîne manquaient. Gréco réfléchit un instant. Son avocat seul avait une clé. C'était forcément lui qui avait fait envoyer quelqu'un pour examiner quelque chose, l'état des murs ou celui de la verrière couvrant l'escalier, qui se dégradait. Mais il savait très bien qu'elle venait là quotidiennement, il l'aurait prévenue, ou lui aurait passé un coup de fil pour ne pas l'inquiéter ou simplement l'informer de cette visite. Gréco trouva cela étrange. Elle poussa doucement la porte et entra. Des surgeons de citronniers avaient poussé un peu partout dans le jardin. C'était maintenant une vraie forêt d'agrumes. Gréco avança avec précaution. À un endroit, elle dut se baisser à cause d'une voûte de feuillages et de branches entrecroisés. Des grappes mauves d'un bougainvillier et des pampres de vigne pendaient. Ce devait être l'ancienne pergola. Gréco n'en était plus très sûre. La dernière fois qu'elle était venue, c'était à la mort d'Alexander Sthol, cinq ans plus tôt. Au moment du cambriolage, c'est-à-dire l'année qui avait suivi, elle n'avait rien voulu voir. En écoutant la description détaillée des choses qui avaient été abîmées ou volées, elle avait déjà eu comme une crampe au cœur. Elle n'avait pas supporté. Cette fois, c'était différent, elle pouvait juste faire quelques mètres pour vérifier qu'il n'y avait personne. D'ailleurs qui aurait-elle pu prévenir ? Elle n'allait pas remonter chez elle. Maintenant qu'elle était dans le jardin. Ce n'était peut-être pas prudent. Tant pis. Le temps de peser le pour et le contre, Gréco était devant la porte de la villa. Elle retira ses lunettes de soleil, les glissa dans son sac, s'approcha un peu plus. Autour de la poignée était enroulée trois ou quatre fois une petite ficelle blanche aux deux extrémités de laquelle pendaient, d'un côté, une fiche cartonnée manuscrite et, de l'autre, des fragments de cire rouge. C'étaient les scellés, du moins ce qu'il en restait. La porte était entrouverte. Gréco la fit pivoter de l'index, en se servant de son ongle comme un personnage de film noir qui ne veut pas laisser d'empreintes. Elle n'entra pas tout de suite. Elle resta là, debout dans l'embrasure de la porte ouverte. Elle laissa les choses venir à elle. Visions, sensations. Dans une sorte de passivité, un état de pure réception. Le carrelage était recouvert d'une fine pellicule de poussière avec des empreintes de pieds nus qui dessinaient au sol une suite de lignes passant plusieurs fois par le même point. Gréco sentit un courant d'air sur son visage. Des portes devaient être ouvertes et il y avait peut-être des vitres brisées. Elle décida d'avancer en restant aux aguets. Elle reconnut l'entrée, le couloir. La vision de la grande pièce à vivre procura un choc à Gréco. Elle scruta tout avec une intensité inquiète, sans toucher quoi que ce soit. Des débris de mousse sortaient de l'assise crevée de la banquette. Le grand tapis bleu marine qu'elle aimait tant avait pris l'eau. Une eau jaunâtre, sans doute boueuse, qui avait terni la couleur et laissé en séchant une large auréole. Sur le carrelage aussi on distinguait des cernes faits de fines particules de terre. Dans la chambre, un sac de couchage était ouvert et déplié sur un matelas mince, plus étroit que le sommier. À la tête du lit, sur une tablette pleine de poussière, était posé un petit flacon à khôl en verre bleu et en cuivre, avec son applicateur en bois. Par terre, sur un tissu batik déplié, on pouvait voir des amas de vêtements légers, roulés en boule. Sur un dossier de chaise étaient posés une tunique beige brodée de perles et un grand châle de soie frangé. Gréco avançait lentement. Son cœur battait, elle avait le plexus un peu noué. Elle était émue de revoir cet endroit. Elle retourna dans le salon. Les peintures étaient abîmées, parfois tachées de moisissures. Des zones au plafond étaient cloquées ou pelées, prêtes à s'effriter. Les vestiges de ce qui avait été arraché et qui sortait des murs faisaient peine à voir. Les appliques, les tables, tout était gris, couvert de poussière. L'humidité avait attaqué des éléments en métal – huisseries, tablettes, structures de chaise. Mais c'était encore magnifique.

Chose étrange, les tableaux, six au total, qui avaient été décrochés, semblaient toujours là. À l'ouest, à droite du grand lit-canapé, Gréco revoyait le Poliakoff avec ses figures verticales rouge carmin, safran et noir charbonneux. À l'est, au-dessus du bureau recouvert de liège qui servait aussi de table à manger, l'*Arbre argenté* de Mondrian déployait encore son réseau de lignes sur fond gris, comme une étoile irrégulière. Gréco voyait ici le Juan Gris silencieux, là le Morandi, à la fois concentré et léger. Les œuvres avaient disparu, mais la forme de leur cadre restait lisible sur les murs, où chaque rectangle pâle créait un effet de profondeur, comme une trouée, une empreinte vide, qui accueillait le souvenir du tableau.

Sur un rebord de ciment qui formait une légère avancée, Gréco remarqua une assiette en carton pleine d'écorces de pastèque. Une petite colonne de fourmis reliait l'assiette au bas de la porte accédant au balcon d'angle. Au bout de la grande terrasse, devant l'escalier qui descendait vers le jardin, une paire de sandales en cuir avait été abandonnée au milieu du passage. À l'une des extrémités de la rambarde pendait un grand collier de coquillages avec quelques plumes intercalées. Gréco souleva doucement le collier, fit rouler les petits coquillages entre ses doigts pour les examiner. Elle murmura : *des babas.*

Sur la terrasse, deux longs bandeaux en toile de bâche qui faisaient office de stores étaient déchirés à plusieurs endroits, laissant passer une lumière qui faisait mal aux yeux. Gréco fouilla dans le sac qu'elle portait en bandoulière. Elle reprit ses lunettes de soleil, les mit en se tenant un peu penchée. Ensuite elle dut détourner la tête quelques secondes car ses yeux étaient encore éblouis malgré les verres teintés. Elle pivota lentement et se tint à nouveau dans l'axe de la mer. Les arbres avaient grandi. Ils cachaient les rochers en contrebas. Gréco se déplaça sur la droite, cherchant, au milieu de ce grand foisonnement végétal, le meilleur endroit pour observer. À travers les feuilles en éventail d'un palmier, elle aperçut au loin deux jeunes gens qui se baignaient.

★

Gréco n'alla pas à leur rencontre. Elle renonça également à les attendre. Devait-elle signaler leur présence à quelqu'un ? Prévenir la gendarmerie ? Elle hésitait. Au bout de quelques minutes, elle préféra s'en aller. Elle revint sur ses pas, essaya de marcher dans ses propres traces pour ne pas laisser de nouvelles marques au sol. Et elle tenta de retrouver l'entrebâillement de la porte tel qu'il était lorsqu'elle était entrée.

★

Une fois chez elle, Gréco comprit que cette visite l'avait profondément bouleversée. Tout ce qu'elle avait revu. L'état de la villa. La présence de ces squatteurs, même s'ils n'avaient pas l'air bien méchant. Elle erra un moment chez elle, désemparée. Elle se servit un whisky avec un peu d'eau de Perrier. Sur le canapé du salon, elle sentit ses yeux se brouiller de larmes. Elle prit le temps de se calmer. Elle resta un moment les paupières closes, pour mieux sonder la nature et l'objet de son émotion.

11.

– Vous en faites une tête, vous devriez vous voir.

– Ah bon ? Je suis perturbée, ce n'est rien. Demain ça ira mieux.

– Vous êtes sûre ?

Le patron de la Maison de la presse tendit à Gréco ses journaux. Elle lui sourit. Il était rond et malicieux, avec un air d'étudiant prolongé. Elle l'aimait beaucoup.

– Voilà. Normalement, il y a tout.

Il avait glissé entre les journaux habituels les magazines que Gréco prenait toujours en début de mois.

– Ouh, dites-moi…

Gréco, surprise par le poids, serra sa main en pince pour tenir le bloc de pages imprimées. Elle crispa un peu le poignet et, d'un mouvement de bascule de l'avant-bras, déposa brusquement le tout dans son grand panier en paille rempli de courses.

– Quelqu'un vous donne un coup de main pour trier chaque jour les piles de magazines ? Ils sont de plus en plus nombreux et épais, vous ne trouvez pas ?

– Oui, on devrait les vendre au poids. Mon neveu m'aide. Il sort chaque matin les dix porte-cartes rotatifs et les rentre le soir. Et il met de l'ordre dans les piles de journaux, je ne m'en sors pas sinon, c'est vrai. Ah ! il ne le vole pas, son argent de poche.

Gréco lui tendit un billet :

– Tenez. Gardez la monnaie. C'est pour votre neveu. Je file, vous avez du monde.

– Vous êtes trop aimable.

Gréco s'en alla, un bras levé, l'autre portant son panier bien lesté.

Elle se dirigea vers sa voiture qu'elle avait garée dans un coin d'ombre. Sur le chemin, elle se dit qu'il lui manquait du pain. À la boulangerie, une jeune femme aux cheveux longs bouclés, châtains, magnifiques, attendait devant elle. Elle portait une robe légère qui lui découvrait les épaules et avait un bracelet de perles multicolores remonté au-dessus du coude. Sa peau luisait dans la lumière tamisée de la boutique dont la vitrine était recouverte de papier de soie tenu avec du scotch. La jeune femme commanda une brioche et une couronne. Gréco observait ses gestes rapides et gracieux, ses épaules, ses bras, et ses mains qui accrochaient la lumière. Elle n'eut pas le temps de voir ses yeux. Elle était déjà repartie.

★

En enlevant les fils des haricots dans sa cuisine, Gréco repensa à cette rencontre. La beauté de cette jeune femme. La rapidité avec laquelle elle avait pris la petite monnaie que lui avait rendue la boulangère, son geste pour glisser les pièces dans une pochette indienne qu'elle portait en bandoulière. Une prestesse de pickpocket. Et comme elle avait bondi en dehors de la boutique.

12.

La nuit était tombée. Dans la villa E.1027, des bougies à la flamme vacillante – des chauffe-plats et des sections de bougies coupées au couteau – éclairaient le salon par petites zones. Elles étaient posées à même le sol ou sur le rebord des fenêtres. Leur halo d'intensité variable modifiait les lignes, rehaussait l'effet de certains décrochements ou renfoncements, en donnant de nouvelles proportions à l'espace. À un moment donné, une silhouette apparut sur le côté droit de la baie vitrée. Profil fin. Buste puissant sur une taille mince. Jambes musclées. La silhouette leva le menton sans bouger le reste du corps. Puis, dans un brusque mouvement, presque une course, elle fusa en avant et se figea. Avec la baie vitrée, la silhouette était comme à l'intérieur d'un cadre. Les bras le long du corps, les mains un peu décollées des cuisses, sa poitrine se soulevait doucement. Ensuite la silhouette s'orienta différemment, tourna son buste vers le dehors, puis elle recula à pas lents, glissant sans bruit vers le centre de la pièce. On pouvait voir l'ombre mouvante de sa progression tantôt sur le plafond, tantôt sur un mur ou sur l'arête d'un meuble. Au sol, les pas laissaient derrière eux deux traînées parallèles dans la poussière. Soudain, le miroir d'une coiffeuse-paravent refléta, dans la pénombre, la forme noire d'un corps et deux yeux brillants. À cet instant, un courant d'air inclina plusieurs flammes de bougies presque à l'horizontale. Il y eut un, puis deux claquements. Un bruit de bois et de métal. Alors, la silhouette, dans une ronde très rapide, courut d'un point à un autre de la pièce pour fermer une à une toutes les fenêtres qui étaient ouvertes. Au même moment, dans un angle à gauche de la baie vitrée, une main se tendit au bout d'un bras à peine visible et prit une bougie posée sur une petite table basse. Elle la leva, la déplaça dans la chambre à coucher en prenant bien garde d'en protéger la flamme, les doigts de l'autre main légèrement repliés. Elle portait un tissu noué à la taille et un châle frangé sur les épaules. Cette silhouette à la fois gracile et nerveuse avançait doucement. Éclairés à contre-jour, mais à quelques centimètres de la flamme tremblotante, ses doigts laissaient voir, sur leur contour, un trait rouge coquelicot, plus vif et épais aux extrémités, là où le sang battait sous les ongles.

Qui était-ce ? Quelles étaient ces ombres ?

★

Gréco était chez elle. Elle tournait les pages d'un magazine. Elle s'était arrêtée sur l'image d'une chaise d'un créateur canadien, composée de lattes de bois blond assemblées autour d'un cylindre en rotation, comme une hélice de bateau. Cette chaise à double assise transformable en méridienne, Gréco la trouva de prime abord un peu laide, et en fin de compte, intéressante, formidable même, après l'avoir considérée de plus près. Gréco avait appris, avec le temps, à se méfier de ses premières impressions. Quand elle sentait qu'elle n'était pas totalement convaincue, c'était souvent le signe qu'il y avait quelque chose. Qu'il s'agissait peut-être d'une vraie nouveauté, digne d'attention. Cette chaise était remarquable. Oui. Gréco leva la tête, les yeux d'abord dans le vague, comme pour donner des vacances à son regard, puis elle visa la fenêtre qui donnait sur la nuit. Lorsqu'elle regardait dans cette direction, à chaque fois, sa pensée la conduisait vers la villa E.1027. « Je ne vais quand même pas appeler la police. Des jeunes gens... » se disait-elle. La situation la contrariait. Ses yeux bleus se marbraient de noir.

« Je ne peux pas. Il faut que je trouve autre chose. »

*

Dehors les étoiles se réfléchissaient au sein de la mer, qui répétait leurs images tremblantes.

13.

Le lendemain matin, Gréco tenta quelque chose. Une nouvelle visite aux jeunes gens de la villa E.1027, mais en faisant son possible, cette fois, pour leur parler. Elle devait leur expliquer le danger auquel ils s'exposaient en restant là, dans cette maison sous scellés, qui avait déjà été cambriolée. Ils devaient partir. Vite. Elle se répétait ces phrases, les permutait, cherchant l'ordre le plus convaincant, les intonations les plus persuasives sans être non plus trop dures. Elle ne voulait pas créer d'incident. Ce n'était pas le but. Mais après tout, elle ne savait pas à qui elle avait à faire. Il fallait qu'elle soit tout de même prudente. Ses idées bougeaient alors qu'elle marchait dans le chemin plein de petits cailloux. Une fois sur la route goudronnée, les choses avaient décanté et lui semblaient plus claires. Mais lorsqu'elle s'approcha de la grille toujours entrouverte de la villa, Gréco sentit ses résolutions vaciller. Elle continua d'avancer. Tout s'embrouilla soudain à nouveau dans sa tête. Cela lui arrivait de plus en plus souvent. C'était peut-être un effet conjugué de l'âge et de l'émotion. Elle s'apprêtait à dire ou faire quelque chose, et elle se retrouvait face à une masse confuse d'images et d'idées à l'équilibre instable. Cela l'atteignait physiquement. Au point qu'à cet instant-là, en avançant parmi les citronniers, elle faillit trébucher.

Sur le seuil de la maison, elle sentit son cœur battre dans ses tempes, accompagné d'un léger bourdonnement dans les oreilles, comme une montée de trac qui finit par ressembler à un malaise, quand elle entendit une voix d'une incroyable douceur dans son dos.

– Bonjour.

Gréco se retourna.

Un jeune homme vêtu d'une tunique beige échancrée, plastron brodé, se tenait à quelques mètres d'elle. Cheveux mi-longs. Blonds. Il portait des sandales de cuir. Une fine ceinture lui marquait la taille. Gréco ne l'avait pas entendu venir. Il lui souriait. Il avait un grand collier de coquillages passé autour du cou. Gréco reconnut le collier qu'elle avait vu accroché à la rambarde la veille, et la tunique brodée de perles. Elle ne savait pas si le garçon avait le visage hâlé ou s'il était fardé. Une ligne de démarcation courant le long des mâchoires et du menton semblait couper son visage du cou et du torse, qui étaient plus clairs. Un trait de khôl bleu nuit dessinait ses paupières. Il regardait Gréco comme à travers les trous d'un masque. Elle fixa un moment ce visage aux yeux de porcelaine, vert clair, avec un iris doré et une pupille très noire. Elle pensa à un acteur de théâtre nô qui l'avait fascinée lors d'un voyage au Japon.

– Voulez-vous un verre d'eau citronnée ? demanda le jeune homme à Gréco, car il voyait qu'elle avait chaud.

Elle le regardait. Il lui souriait toujours. Gréco eut un temps d'hésitation. Puis d'une voix calme, affable, presque enjouée, elle répondit :

– Je veux bien. Comment vous appelez-vous ?

– Louison.

– Moi, c'est Gréco.

Gréco était coiffée d'un chapeau de paille. Des mèches blanches de cheveux s'échappaient sur les côtés et le devant du chapeau comme des plumes d'oiseau. Du bout des doigts, elle repoussa quelques mèches d'un côté de son front. Le visage de Gréco luisait de sueur. Le garçon parvint à sa hauteur et passa devant elle. « Suivez-moi. » Gréco perçut un déplacement d'air et le tintement des coquillages du collier. Les pas du jeune homme semblaient à peine frôler les dalles. Sous sa tunique, ses deux omoplates étaient un peu saillantes et l'on percevait la ligne précise de sa colonne vertébrale. Deux secondes plus tard, le garçon était à l'intérieur de la maison, visible à contre-jour dans l'encadrement du salon. Gréco, elle, était encore sur le seuil, immobile.

– Entrez, faites comme chez vous.

Gréco entra, troublée.

– Tess-aa !! cria aussitôt le garçon en se tournant dans la direction opposée.

Dans le salon, Gréco remarqua tout de suite que le sol avait été balayé. Il restait encore quelques traces ici et là de poussière, de petits dépôts blanchâtres. Le tapis bleu marine avait été retiré et le dessin du carrelage au sol, un rectangle et un carré, en noir sur fond blanc s'interpénétrant, était à nouveau visible.

Les mains en porte-voix, le garçon cria plus fort :

– Tess-aaa !!

Venant du jardin en contrebas, de l'autre côté de la villa :

– Oui !

Le jeune homme avait l'attitude étrange de celui qui semble appeler dans le vide mais qui sait pourtant très bien qu'il y a quelqu'un tout près. Il tendait l'oreille, sans bouger, comme un chasseur embusqué lançant des signaux et guettant chaque réponse, espérant ainsi démontrer à la personne avec qui il se trouve qu'il ou elle aurait tort de partir.

Le jeune homme cria une nouvelle fois, comme pour faire sortir le loup du bois :

– Viens vite ! On a de la visite !

La voix se rapprochait :

– J'arrive !

Entre-temps le jeune homme s'était accoudé à la rambarde. Gréco se tenait à quelques mètres de lui. Le tapis du salon était exposé au soleil, posé sur la barre d'appui. Au moment où Gréco s'apprêtait, elle aussi, à s'accouder au balcon, arriva, sur la droite, en montant pieds nus et quatre à quatre les marches de l'escalier, une jeune femme portant un paréo noué à la taille et un débardeur fluide bleu-gris.

Louison fit les présentations :

– Gréco. Tessa.

– Bonjour ! La jeune femme embrassa Gréco sur les deux joues, en pliant un peu les genoux, et en visant bien, de façon à ne pas heurter le bord de son chapeau. Gréco perçut, sur sa pommette droite puis à gauche presque sous l'œil, un battement de cils contre sa peau, comme un mouvement d'ailes ou de pattes d'insecte. Elle sentit aussi un parfum végétal, comme celui d'une feuille froissée de cassis, qui flotta un instant dans l'espace qui séparait leurs deux visages encore peu éloignés l'un de l'autre. Gréco avait immédiatement reconnu, dans la seconde où elle était apparue en haut de l'escalier, les épaules et le port de tête de la jeune femme qu'elle avait remarquée la veille dans la boulangerie.

– Regardez-moi ça !

Tessa serrait dans ses longues mains des bouts de bois flotté. Elle les montrait comme un trophée. Puis elle écarta les bras, replia doucement les coudes, tout en imprimant un mouvement de rotation à ses poignets. Elle bomba le dos et elle s'arrêta pour donner, l'instant d'après, une nouvelle direction aux branches. Ainsi prolongées, les mains de la jeune femme semblaient immenses. Avec leurs extrémités un peu en vrille, elles rappelaient les mains des femmes métamorphosées des fables de l'Antiquité, au commencement de leur transformation, quand leurs doigts deviennent des feuillages.

Le jeune homme se tourna vers Gréco et lui dit en chuchotant :

– C'est une danse de bienvenue.

La jeune femme enchaînait les gestes et les attitudes avec une expression concentrée que rien ne semblait pouvoir interrompre. Pourtant, alors que Gréco se demandait si cette danse était improvisée ou si elle était l'exécution d'une sorte de partition préexistante, à cet instant précis, d'un geste vif, la jeune femme projeta de part et d'autre de la rambarde les bois flottés qu'elle serrait jusque-là dans ses mains. Ceux-ci volèrent comme les flèches d'un arc ou des projectiles propulsés par un élastique qui se serait soudain détendu. Les bouts de bois tombèrent sur les dalles de ciment en bas de l'escalier et rebondirent, pour atterrir un peu plus loin, ou disparaître dans un bruit de froissement de feuilles. La jeune femme resta un moment les mains ouvertes dans le vide. Puis elle haussa les épaules, ramenant simplement ses bras le long du buste.

– Voilà.

Gréco encore hypnotisée ne dit rien. Le jeune homme, lui, beaucoup moins surpris, s'affairait déjà à autre chose. Il soulevait le tapis qui était sur la rambarde, le tenant, bras écartés, les mains calées aux deux extrémités, pour le transporter dans le salon. Il le déroula au sol. Les coins du tapis se plaquèrent sur le carrelage avec un petit claquement.

– Louison, dit la jeune fille, si l'on buvait quelque chose ?

Le garçon encore accroupi lissait de la main les bosses du tapis. Les tons bleus étaient plus vifs et l'on ne distinguait plus d'auréoles.

– Il y a de l'eau citronnée dans la cuisine. Je venais d'en proposer. On ne voulait pas t'interrompre.

Gréco observait tout cela, à la fois un peu ahurie et amusée. Comme il faisait lourd, elle ôta son chapeau.

Louison s'éclipsa un instant et revint avec des verres aux trois quarts remplis. Des gouttelettes de condensation se formaient et glissaient en serpentant le long du verre. Gréco remercia le jeune homme. Elle avait soif. Elle but cette boisson qu'on lui offrait si gentiment. Bientôt, les deux jeunes gens burent lentement eux aussi leur citronnade. Personne ne parlait. Ils étaient tous les trois debout dans le salon. On eût dit une scène de conte, ou une gravure ancienne, fixant le moment solennel où les personnages boivent le philtre ou le poison.

Gréco regarda son verre presque vide où un glaçon finissait de fondre.

– Vous avez l'électricité ?

– On a trouvé le compteur à l'entrée du jardin, dit Louison.

– Il devait être enfoui dans la verdure.

– Oui, il était caché sous un tapis de feuilles mortes mais un grand lierre avait ouvert la porte. On n'avait pas de rallonge, alors on a branché notre petit réfrigérateur de camping-car directement dessus. On va chercher nos glaçons dans le jardin, ce n'est pas compliqué.

– Et pour l'eau ?

– J'ai trouvé le robinet d'arrêt sous une dalle, au pied de la maison, dit Tessa. J'ai juste eu à suivre une colonne de fourmis depuis le salon. C'était là qu'elles avaient fait leur nid.

– Un coup de fil à la mairie a suffi pour faire rouvrir les compteurs, précisa Louison.

Gréco commençait à trouver ces deux jeunes gens vraiment astucieux et amusants. Mais elle avait un peu mal aux jambes. Désignant la banquette, elle demanda :

– Vous permettez que je m'asseye une minute ?

Tessa presque gênée :

– Bien sûr.

Gréco constata qu'un tissu batik, celui qu'elle avait vu la veille dans la chambre, avait été déployé à l'endroit de l'assise, là où le cuir était crevé.

Elle tira machinalement sa jupe sur ses genoux.

Il y eut un silence. Gréco lança :

– Savez-vous où vous êtes ?

Les deux jeunes gens se regardèrent, un peu surpris. Ils répondirent du tac au tac :

– Roquebrune !

– Cap-Martin !

Gréco, amusée :

– Oui. Bien sûr. Roquebrune-Cap-Martin. Mais je veux dire, ici. Vous savez où nous sommes ?

Louison et Tessa se dirent soudain qu'ils avaient peut-être affaire à une vieille voisine dérangée. Tessa tenta :

– La maison ?

– Oui, cette villa.

– Non, dit Louison en regardant Tessa d'un air encore vaguement perplexe.

– Nous sommes dans la villa E.1027.

Tessa fit doucement glisser une chaise pour s'asseoir. Louison s'accroupit. On voyait que cette position n'était pas du tout incommode pour lui. Il semblait détendu. Ses genoux repliés faisaient sous sa tunique comme deux petits rochers polis. Tessa et Louison écoutaient.

Gréco poursuivit :

– Elle a été construite entre 1926 et 1929 par Eileen Gray, une architecte et designer irlandaise, et Jean Badovici, un architecte roumain. Deux amis et amants qui combinèrent leurs initiales cryptées pour baptiser la villa, dont le nom sonne encore comme un rendez-vous secret : E pour Eileen, 10 (la 10e lettre de l'alphabet) pour le J de Jean, 2 pour le B de Badovici, 7 pour le G de Gray.

– On dirait un James Bond, dit Louison.

– C'est à peu près ça. Surtout quand vous saurez la suite.

Gréco reprit :

– Eileen Gray a choisi l'endroit après maints repérages, décidant ensuite de l'orientation idéale du bâtiment, du point de vue tant de l'ensoleillement que des vents dominants. C'est elle qui a dessiné la majeure partie des plans de la maison ainsi que son mobilier. Il faut que vous observiez le ciel, le soir, depuis le toit-terrasse. L'escalier hélicoïdal qui y mène est un phare en verre et en métal.

Tessa, sur un ton presque taquin :

– Je sais, vous étiez guide pour les visites, avant la retraite.

Gréco se ferma soudain, vexée :

– Non, pas du tout.

Elle avait envie de partir.

Louison essaya de rattraper les choses :

– On se disait bien que tout ici était drôlement bien conçu.

Gréco prit son sac et vissa son chapeau de paille sur sa tête.

Louison ne savait plus quoi inventer pour retenir Gréco :

– Eileen Gray a vécu longtemps ici ?

– Non, très peu, au fond.

– E.1027. C'est assez incroyable comme nom.

Tessa commenta :

– C'est mieux que villa Mirasol ou villa Mimosa.

– Eileen Gray, vous l'avez bien connue ? demanda Louison.

Gréco fit un effort pour répondre.

– Oui, un peu. Je l'ai surtout fréquentée à la fin de sa vie. J'ai réédité plusieurs de ses meubles.

Gréco, se tournant vers Tessa :

– Le siège sur lequel vous êtes assise, par exemple.

Tessa se leva pour regarder sa chaise à tubulure d'acier à un seul accoudoir.

– J'ai réédité la table d'appoint ajustable, le fauteuil Bibendum, le meuble mobile pour pantalons. Gray ne portait à peu près que cela. Des pantalons. Des smokings. Personne ne connaissait Gray à l'époque. Cela n'a pas été facile.

Tessa passa sa main sur le cuir gris tout fendillé de l'accoudoir.

– Vous voyez, c'est une maison à part.

– À qui appartient-elle maintenant ?

– Le dernier propriétaire est mort dans des circonstances terribles. La succession est un cauchemar.

– Quand est-il mort ? demanda Louison.

– Il y a cinq ans.

– Comment ?

Finalement, Gréco parla près de deux heures avec les jeunes gens.

*

Dehors, en léger contrebas, les vagues battaient contre les rochers. Explosant, rejaillissant. L'eau recouvrait et découvrait une zone un peu plus haute et plate qui brillait au soleil par intermittence. L'écume charriait de toutes petites algues et de fines lanières de plastique.

14.

En rentrant chez elle, Gréco s'allongea pour faire une sieste. Il avait fait chaud sur le chemin. Cette matinée l'avait exténuée. Elle souffrait d'un genou et elle sentait des élancements dans les jambes. Elle somnola. Beaucoup de choses la tracassaient. Elle avait fait promettre aux jeunes gens de s'en aller dans la semaine. Partiraient-ils ? Ils avaient eu l'air sincère lorsqu'ils en avaient parlé. En attendant, elle trouvait étrange de penser qu'elle n'était plus seule face à cette villa vide. Cette villa qui n'était plus vide, justement.

Elle grignota des biscuits aux amandes. Puis elle eut envie de dessiner.

Cela la délassait, réveillait des idées. Elle avait tant pratiqué le dessin autrefois. Pour des aménagements surtout, des appartements, des terrasses, des avions, de grands navires de croisière. Elle prit son carnet spiralé. Elle dessina un tabouret bas avec une assise creusée. Elle repensait à Louison accroupi, au confort inattendu que cela avait paru lui offrir. Cette vision lui avait probablement inspiré cet objet. Elle commença à le dessiner d'un trait assez rapide et sûr. Ce siège pourrait servir aussi de table basse. Trois ou quatre pieds ? En acajou ou bois foncé ? À un moment, Gréco, tout en conservant la pointe de son crayon au contact du papier, s'arrêta. Elle ne savait plus quelle suite donner à son croquis. Elle leva la tête de son carnet. Surgissaient en elle des images qui remontaient des profondeurs et qui glissaient comme des fantômes.

Elle laissa son carnet ouvert sur la table, avec le dessin du tabouret bancal. Elle se leva et observa le jour qui déclinait.

Le soir, elle appela son amie Esther au téléphone. En composant son numéro sur le cadran, elle pensa : j'exagère.

– Esther ? Oh, ma chère, j'ai de la chance que tu décroches. Je sais, il est tard.

– Effettivamente, je dormais déjà.

– Pardon.

– Va bene. Avec toi, ça va.

– Écoute, il m'arrive une chose.

– Che cosa ?

– La villa.

– Quale villa ?

– Celle d'Eileen.

– Sì.

– Il y a…

Silence. Esther crut que la communication avait été coupée.

– Pronto…

– Je suis là. Excuse-moi. Je suis tellement troublée. Dans la villa…

– Sì. Dimmi. Ti prego.

– Il y a des squatteurs.

– C'est quoi « squatteurs » ?

– Des jeunes gens qui se sont installés.

– Ah *squatters* ! Beh. Ils font quoi ces jeunes ?

– Je n'ai pas osé leur demander. Étudiants aux Beaux-Arts ?

– Non, je veux dire, dans la maison. Ils font du feu, ils cassent les murs ? Ils ruinent tout ?

– Non, non. Ce n'est pas ça. Et puis, tu sais, depuis le cambriolage, la villa est déjà tellement abîmée.

– Allora, non importa.

– Quand même. Ils dorment là.

– Droga ? Eroina ?

– Je ne sais pas. Je ne crois pas.

– Tu as parlé avec eux ?

– Oui. Assez longuement.

– Ils étaient comment ? Agressifs ?

– Non. C'est même tout le contraire.

– Insomma. Non è grave. Tu peux dormir tranquille, ma chère. J'ai sommeil. Tu me rappelles demain si tu veux. D'accord ? Un grande abbraccio.

⋆

Pendant la conversation avec les jeunes gens, Gréco avait remarqué que Louison regardait, de ses yeux vert clair, une zone au-dessus de son cou. Elle avait immédiatement porté sa main sur son oreille, pensant tout bas : « Mon Dieu, j'ai oublié ce matin dans la précipitation de mettre mes boucles. »

*

Les vieux ifs qui bordaient le chemin dressaient leur grande masse noire dans le silence noir.

Gréco dormait. Sur ses paupières closes, de petites veines violettes dessinaient des lignes pures et fines comme une écriture.

15.

Le lendemain à dix heures du matin le soleil était déjà aveuglant. Un long tuyau d'arrosage rayé jaune et vert traversait la terrasse. Il passait sous un fauteuil en fer et laissait s'écouler, quelques mètres plus loin, un filet d'eau au pied d'un rosier ancien dont plusieurs feuilles étaient brûlées par des roussissures. Un bouquet d'héliotrope et de jasmin blanc dans un petit vase en verre taillé était posé sur le rebord de la fenêtre de la cuisine. On entendait le pépiement de centaines d'oiseaux dans les arbres et les buissons. Après la visite d'Alain, son jardinier, Gréco se resservait du thé.

La mer scintillait au loin et les ombres des pins commençaient à raccourcir.

Gréco repensait à sa visite de la veille. Elle réfléchit. Puis elle préféra ne pas réfléchir.

Elle se rendit sur la terrasse pour inspecter les rosiers. Elle se pencha sur celui qui avait roussi. Alain avait coupé les fleurs fanées. Il était devenu un peu nu.

Gréco perçut près d'elle une tache claire. C'était Tessa.

– Ça alors !

Gréco était tellement stupéfaite de voir la jeune fille qu'elle lui dit d'abord une chose banale, très spontanée, qui ne laissait transparaître ni sa surprise ni son émotion :

– Vous avez les cheveux mouillés. Voulez-vous une serviette ?

– Je les laisse sécher naturellement.

Gréco cherchait à reprendre ses esprits. Tessa pouvait lire son inquiétude dans son regard.

– Comment avez-vous trouvé la maison ?

– Vous nous avez donné votre carte en partant.

– Ah bon ?

– Avec le code pour la petite porte en bois.

Gréco avait oublié. Elle se dit qu'elle avait vraiment des problèmes avec sa mémoire.

Pensant après coup à la rudesse de son accueil, Gréco se reprit :

– Je suis très contente de vous voir… Entrez. Votre ami ne vous a pas accompagnée ?

– Non. Louison fait de la couture.

Gréco ouvrit plus grande la baie vitrée.

– Oh, mais c'est magnifique chez vous !

– Vous êtes gentille. C'est un peu mon métier.

– Quoi ?

– La décoration.

Tessa avança doucement. Elle regardait tout.

Elle s'asseyait parfois un instant dans un fauteuil. « Je peux ? » Puis elle reprenait sa promenade dans le salon.

Gréco vit sur la face lisse d'un carreau au sol quelques pétales de rose. Elle se baissa et les prit dans sa main.

En se relevant, la tête lui tourna une seconde. Elle s'appuya au dossier d'une chaise. Elle avait des palpitations.

Absorbée par l'observation des meubles et de l'espace qu'elle découvrait, Tessa ne remarqua rien.

Gréco respirait profondément. Elle se remit doucement, assez pour continuer la conversation :

– Vous, qu'est-ce qui vous intéresse dans la vie ?

– La danse. La photographie aussi... Mais surtout la danse. Louison et moi suivons un cursus au CNDC d'Angers. C'est un centre chorégraphique en même temps qu'une école. Louison, lui, hésite encore. Il se verrait bien faire du music-hall.

Le regard de Tessa s'arrêta sur un fauteuil en bois laqué. Dossier plat en ivoire sculpté représentant un être hybride, avec une assise en velours moka.

– Le fauteuil-sirène d'Eileen Gray. Vous l'aimez ? lui demanda Gréco. Il y a aussi le paravent dans la chambre, si ce type d'objet vous intéresse.

Il régnait une grande douceur dans le salon. Tessa s'y sentit tout de suite bien.

Tessa, très curieuse, demanda à visiter les autres pièces. Elle s'enthousiasma pour le dressing.

– Oh…

Gréco arriva juste après elle, la tête lui tournait encore un peu, elle marchait avec précaution.

– Cela vous plaît ? Vous savez, en arrivant ici, je ne voulais surtout pas que l'intérieur fasse vieille maison.

Gréco jeta dans une petite poubelle en inox les pétales de rose qu'elle avait gardés au creux de sa paume. Elle poursuivit :

– Les tomettes, les poutres apparentes, ce n'est pas ma passion.

Il y eut un soudain changement de lumière.

– Pardonnez-moi, mais j'allume les mini-spots. C'est bien sombre pour mes vieux yeux.

Tessa et Gréco se tenaient devant les panneaux blancs. Leurs ombres s'y encadrèrent.

Gréco expliqua à Tessa :

– Les panneaux sont à charnières. Tout s'articule en accordéon, regardez (elle tira vers elle l'un des panneaux). Les lignes qui les traversent sont inspirées d'un jeu de cartes. Cela crée une perspective. Comme des rues qui partent en trompe-l'œil. Quand on s'habille, c'est amusant.

Gréco poussa le panneau. Clac. L'ensemble redevint un plan uni.

– Ce sont les beaux décors et les aménagements complexes qui m'ont donné le goût des inventions simples. Avez-vous envie d'un thé ?

Gréco offrit à Tessa une tasse de Darjeeling avec des petits gâteaux.

Tessa reconnut Gréco sur une photographie protégée par un sous-verre. Elle montrait un homme en chemise, manches retroussées, et une femme qui portait une robe légère découvrant ses épaules.

– C'est Jacques, mon mari, et moi. En 1961, à Sélinonte en Sicile. Je voulais voir les temples dont, à vingt ans, j'avais étudié les plans. Des temples écroulés, comme des géants fauchés par les tremblements de terre. Je me souviens, à l'horizon, il y avait des éclairs de chaleur.

– Vous êtes beaux tous les deux.

– C'est vrai.

Gréco se tut un instant. Et elle poursuivit :

– Jacques est mort en 1979. Il était soigné pour une angine de poitrine. Ça a commencé par une douleur à la mâchoire. J'étais à New York. On m'a dit que cela se compliquait. J'ai pris le premier vol pour Paris. On a passé une journée ensemble à l'hôpital. Les traits de son visage étaient tirés. Il avait un regard éteint et un peu fixe. Lui n'avait pas l'air de s'inquiéter de son état. Il n'arrêtait pas de plaisanter. Il est mort d'un arrêt cardiaque dans la nuit.

Juste à côté, se trouvait une photo de femme, coupe à la garçonne, cheveux gominés plaqués en arrière, ramenés en boucles sur les joues, avec du rouge à lèvres foncé.

Les deux photographies l'une à côté de l'autre créaient un étrange trio.

– C'est Eileen Gray photographiée par Berenice Abbott.

Tessa orienta différemment le cadre pour éviter un reflet.

– Elle paraît si années 1920 et en même temps si moderne. N'est-ce pas ?

– On dirait Louise Brooks.

Gréco était assise en face de Tessa. Elle regardait ses bras, ses longs cils courbes.

Tessa fit ensuite tourner un verre transparent épais avec un petit socle argenté qui était posé devant elle sur une table basse. Le verre était rempli d'un produit vert foncé huileux.

– Qu'est-ce que c'est ?

– Une bougie Rigaud. Parfum sapin de Noël. Un classique. En plein été, c'est mieux qu'une clim.

Tessa sourit. Elle regardait à son tour Gréco, ses cheveux blancs relevés en chignon, ses mains fripées dont les poignets ressemblaient à des bambous avec des nœuds. Ses gestes pourtant laissaient voir encore beaucoup de souplesse. Il était difficile de lui donner un âge exact. Soixante-huit ans ? Soixante-douze ? Tessa hésitait.

Puis tout à coup, Gréco dit un peu brutalement :

– Je ne veux pas vous chasser, mais j'ai deux ou trois choses à faire aujourd'hui. Voulez-vous m'accompagner au marché demain ? Avec Louison bien sûr.

– Oui, répondit Tessa, surprise. Allons au marché. On l'a découvert en arrivant l'autre jour. Bien sûr, retournons-y ensemble.

– Je passe vous prendre à dix heures ? Sur le parking ?

*

Tessa raconta à Louison sa visite. Les deux photographies, les objets au milieu desquels Gréco vivait si intensément.

Toutes ces choses qui semblaient faire partie d'elle.

★

Tessa et Louison étaient très liés et pourtant chacun vaquait toute la journée à ses affaires. Exercices d'assouplissement. Bains. Siestes à l'ombre. Ils n'avaient pas besoin de se voir pour se retrouver. Quelque chose de lui qu'elle ne pouvait dire restait pour elle dans l'air où il passait. Et réciproquement, quelque chose d'elle qu'il ne pouvait dire restait pour lui dans l'air où elle passait.

Le soir, ils cuisinaient et prenaient leurs repas ensemble. Ils discutaient longuement sur la terrasse, se montraient des photographies de spectacles qui les avaient marqués : *Jours étranges* de Dominique Bagouet, *One Story as in Falling* de Trisha Brown. Ils lisaient à plat ventre sur le carrelage frais des monographies consacrées à des chorégraphes (Martha Graham, Yvonne Rainer, Lucinda Childs) et des ouvrages de référence qu'ils avaient empruntés pour l'été à la bibliothèque de leur école. Ces lectures, l'excitation qu'elles éveillaient en eux, plongeaient Tessa et Louison dans une sorte de fièvre.

Ils s'embrassaient, faisaient l'amour, parlaient encore la nuit.

16.

– Tout tient avec des tendeurs à l'intérieur.

– Oui. C'est une solution. Je pourrais trouver avec vous des idées d'aménagement, si vous voulez.

Gréco, avancée à mi-corps, s'était courbée afin de mieux voir.

Tessa fit coulisser la lourde porte du Ford Transit pour la refermer.

Un train en provenance de Nice venait de quitter la gare. Sur le parking arriva un couple avec deux petites filles. Glacière, parasol, sacs, nattes de plage, tout était posé en vrac sur l'asphalte brillant. La mère s'épongeait le front et les tempes à l'aide d'une serviette qu'elle avait sortie d'un grand sac. Le père, une main sur les reins, considérait le tas d'affaires qu'ils devaient encore transporter jusqu'à la plage. Les enfants virevoltaient autour d'eux.

– On y va ?

Gréco fit démarrer le moteur de sa vieille Mercedes noire.

– J'ai eu une Buick, une DS, des voitures de sport. Mon luxe depuis quelques années, c'est ce vieux modèle. Mon côté mafieuse.

Louison avait tout de suite remarqué les gants beiges en pécari troués aux phalanges avec lesquels Gréco conduisait. Il lui dit qu'il les trouvait très chic.

– Ce n'est rien comparé à autrefois, lui confia-t-elle tout en abordant, très concentrée, une série de virages.

Les cheveux de Gréco avaient du volume et un beau mouvement.

– J'étais toujours impeccable, vous savez. Vous êtes coquet vous aussi, on dirait.

Louison portait un sarouel vert foncé, un tee-shirt blanc large, manches mi-longues resserrées par de petites cordelettes, avec deux perroquets imprimés sur la poitrine. Ses lunettes de soleil étaient fumées et à monture mauve. Il occupait le siège avant, sinon, il avait mal au cœur. Tessa trouvait la banquette arrière moelleuse, fraîche contre la peau.

– À une époque de ma vie, poursuivit Gréco, j'annulais un rendez-vous si je découvrais que j'avais filé un bas.

Gréco ralentit, sortit son bras par la fenêtre pour montrer un bâtiment :

– Regardez, sur la gauche. Il y a une quinzaine d'années, la mairie a fait construire cette piscine Tournesol. Avec hublots et toit escamotable. L'hiver, quand la coupole est fermée, avec les arches, on dirait une coquille d'oursin. C'est très réussi, vous ne trouvez pas ?

Au marché, Gréco indiqua à Louison et Tessa où acheter des fruits, des tomates, de l'huile et des pâtes fraîches.

Elle leur présenta le marchand de barbajuans. Ensuite chacun se débrouilla pour faire ses provisions. Ils convinrent de se retrouver au Big Boss, un café sur la place. Gréco avait choisi cet endroit car, de là, elle savait qu'elle pouvait voir la femme-dans-la-fenêtre. Elle arriva au rendez-vous avant Louison et Tessa et s'installa à une petite table. Elle commanda un café serré. Elle retira ses lunettes de soleil, se pencha un peu en avant et plissa les yeux. Au troisième étage du petit immeuble du bout de la place, la fenêtre était ouverte. Le rideau de tulle était tiré sur le côté. La femme-dans-la-fenêtre était là. Elle se tenait du côté du tulle, comme toujours, un peu effacée. Gréco trouvait particulièrement intrigante cette ombre qui, par instants, sortait de sa nuit. Tessa et Louison rejoignirent Gréco. Elle buvait à petites gorgées son café. Les jeunes gens s'installèrent, commentant leurs courses en soulevant les sacs en crochet qu'ils tenaient au bout de leur bras. Les aubergines, les melons et les oignons visibles en vrac à travers les mailles ressemblaient à de belles prises dans des filets de pêcheurs.

Louison remonta la manche droite de son sweat-shirt et découvrit son épaule. Gréco avait déjà remarqué son goût pour l'asymétrie.

Au bout d'un moment, Gréco se tourna vers Louison et Tessa :

– Il faut que je vous montre une chose.

– Ah ? dit Louison.

– C'est un secret.

– Oh ! dit Tessa.

– De l'autre côté de la place, vous voyez l'immeuble, presque en face de nous ?

– Où ? Tessa hésitait entre deux façades.

– L'immeuble au crépi beige.

– En face ? demanda Tessa.

– Oui. Là… au troisième étage. Regardez bien.

– Il y a une femme, dit Louison.

– Ah oui.

Tessa aussi maintenant la voyait.

Louison fit remarquer à Gréco qu'elle avait une bonne vue.

– C'est la femme-dans-la-fenêtre, dit-elle.

Tessa curieuse :

– On dirait qu'elle nous fixe.

– Essayez d'être un peu discrets, tout de même.

– Pardon.

– À cette heure, elle est toujours là. Je trouve cela fascinant.

Sous la table carrée du Big Boss, les jambes de Gréco et celles de Tessa par instants se frôlaient, des effleurements à peine perceptibles, à la pointe du genou et à mi-mollet. Louison regarda l'heure au cadran de la montre de Gréco en posant dessus sa main ouverte en C à cause du soleil. Son coude, une partie de son avant-bras touchaient le coude et l'avant-bras de Gréco.

Ils furent quelques secondes tous les trois liés par la peau, avec des zones d'indiscernabilité.

Ils jetaient tous régulièrement un regard à la fenêtre d'en face, tâchant de ne pas être trop insistants, ni de se laisser distraire. Au bout d'un moment, la femme disparut de l'embrasure. Tessa et Louison comprirent l'événement que constituait cette brusque modification. Puis quelqu'un (la femme? c'était trop fugitif pour le dire) referma la fenêtre et tira les rideaux. Tous fixaient la fenêtre, suivaient la scène. Ensuite, rien. Il n'y avait plus personne. Au bout de cinq minutes environ, ils assistèrent à une chose extraordinaire. La femme-dans-la-fenêtre sortit de l'immeuble. Sa grande silhouette maigre se détachait sur le crépi jaune coquille d'œuf de la façade. Elle traversa lentement la place. Ils la perdirent de vue une minute ou deux, car les parasols et les étals du marché la dissimulaient. Louison se leva pour mieux voir. Gréco le fit immédiatement se rasseoir. La femme réapparut, avec ses longs cheveux bruns épais. Elle semblait se diriger vers eux. D'évidence, elle marchait vers la terrasse du Big Boss. Elle se découpait en noir dans le soleil. Louison, Tessa et Gréco observèrent son allure un peu grave, le très léger balancement de ses bras. Le rapport très particulier qu'elle entretenait avec l'atmosphère. Elle s'installa à une table quelques mètres plus loin.

Maintenant ils osaient à peine la regarder. C'était comme un mirage.

Le garçon de café arriva à la hauteur de sa table. Le plateau dans une main, l'autre main déposant un peu de monnaie dans un cendrier rempli de piécettes, il n'avait pas besoin de tourner la tête pour effectuer ce geste.

Il demanda à la femme assise :

– Comme d'habitude ?

– Oui, s'il vous plaît.

La vision de cette femme, soudain si proche, le fait d'entendre le son de sa voix, tout cela fut comme un coup de tonnerre dans le ciel de Gréco.

17.

Le lendemain matin, Gréco, perturbée, pensa qu'elle devait reprendre ses habitudes. Elle entreprit sa grande promenade quotidienne. Elle ne marchait pas vite. Elle s'asseyait parfois un instant puis reprenait le sentier. Depuis quelque temps, ses articulations se grippaient doucement, sa vue déclinait et ses gestes surtout devenaient moins sûrs. Elle s'en rendait compte, même chez elle. Dévisser le couvercle d'un bocal, passer le pouce dans l'anse d'un sac à main porté en bandoulière devenaient une aventure. Certaines parties de son corps, notamment l'intérieur de sa hanche et la zone lombaire, lui laissaient une impression bizarre. Elle ne les sentait plus bien ou elle les sentait trop. Comme un poids, une chose mal accrochée, mal emboîtée, plus tout à fait à elle. Aussi, lorsqu'elle marchait sur ce sentier pourtant très familier, percevait-elle des fourmillements nouveaux. Des battements ou des vibrations infimes dans les vertèbres cervicales, un os, ou à l'intérieur de l'oreille, comme le passage d'un courant électrique à faible tension, dont elle se disait, pour se réconforter, qu'ils étaient peut-être l'expression de la vie même.

En rentrant du Cap-Martin, elle passa devant la grille ouverte de la villa E.1027. Elle s'arrêta, indécise. Puis elle se résolut à faire une halte pour saluer les jeunes gens.

Louison avait mis des lunettes de plongée pour couper les oignons. Il les émincait à même une petite assiette dans la cuisine. Il leva la tête :

– Ah, Gréco ! Je ne vous serre pas la main.

– Non, je préfère.

Il désigna du menton une casserole en fer-blanc cabossée :

– On cuisine tout dans ce vieux machin. On l'adore.

Gréco fit un tour dans le salon. Elle retrouvait un monde familier, des lignes, des couleurs, des matériaux. Tout ce qui conférait à la villa son originalité et son rayonnement mystérieux.

Elle relut les mots peints au pochoir sur la grande fresque qui occupait le mur principal du salon : *Beau temps. L'invitation au voyage.* Et plus loin, sur des portes de placards : *Chapeaux. Oreillers. Pyjamas.*

C'est mieux qu'un mode d'emploi griffonné à la va-vite sur un bout de papier pour les invités quand on n'est pas là pour les accueillir, pensa Gréco.

Elle fit délicatement coulisser le tiroir d'un meuble de rangements. Tout s'imbrique et pivote. C'est tout Eileen.

Chaque détail l'inspirait. Gréco ne voulait plus s'en aller.

Pendant ce temps, Louison parlait d'une pièce à l'autre.

– Je prépare une grande sauce tomate. On fera quelques bocaux pour être tranquilles.

Louison, toujours de loin :

– Et Le Corbusier ?

Gréco, qui admirait l'ingéniosité d'un tiroir et son arrondi, le referma d'un coup sec.

– Je ne l'aime pas plus que ça.

– Pourquoi ?

– Doué, plus que la normale. Mais pour le moins douteux idéologiquement. Surtout salaud avec les femmes. A biffé le nom d'Eileen Gray un peu partout. Grand architecte. Mauvais peintre.

Gréco se tourna, regarda le mur à droite du canapé-lit.

– Cette fresque, par exemple. Et avez-vous vu celle du rez-de-chaussée ? Le Corbusier a peint huit fresques, à l'intérieur et à l'extérieur de la villa, un été, sans en demander l'autorisation à Eileen Gray. Vous vous rendez compte ?

– La fresque d'en bas, non seulement je l'ai vue, mais... vous avez un instant ?

– Oui.

Louison mit le gaz du réchaud au minimum sous la casserole et il rejoignit Gréco.

– Suivez-moi.

Il précéda Gréco dans l'escalier qui menait au rez-de-chaussée.

Ils se retrouvèrent l'un à côté de l'autre, face au même pan de mur.

– Regardez. Qu'en pensez-vous ?

C'était une fresque en noir et blanc représentant des personnages nus stylisés comme des volumes assemblés. Louison l'avait intégralement repeinte, repassant soigneusement en noir tous les contours.

Gréco s'approcha.

– C'est bien fait.

– Celle du salon est en couleurs. Je n'ai pas assez de pigments.

Gréco se tut. Elle regardait la fresque, ses lignes affirmées, un peu à la Fernand Léger. Comme cela, à l'abri, avec tout autour le jardin luxuriant, elle la trouva presque moins choquante.

– Vous avez bien travaillé. Mais pour moi, cette fresque reste du vandalisme. Du harcèlement pictural.

Tessa se tenait en haut de l'escalier, drapée dans un madras bleu éclatant.

– Bonjour, Gréco. On vous garde à déjeuner ?

– Je vous remercie, non. Une autre fois. Je dois voir un ami.

– C'est dommage. Demain matin, à la fin de votre promenade, venez au moins vous baigner avec nous.

– Oui, peut-être. C'est une idée.

18.

La terrasse de l'Hôtel Riva-Bella offrait une vue merveilleuse sur Menton. C'est là que Gréco et son avocat avaient prévu de se retrouver pour le déjeuner. L'avocat était vêtu d'un costume clair, avec une cravate à pois, pochette assortie. Gréco avait mis son tailleur framboise en soie du Japon, ses compensées les plus élégantes et ses clips topaze.

– Où en sont les choses ?

– Elles progressent. Mais c'est très long.

– C'est-à-dire ?

– Le temps joue en votre faveur. Le neveu de Sthol quitte Los Angeles pour Londres. Il a besoin d'argent et fait pression sur sa mère. Ils envisagent de vendre le Poliakoff et le Mondrian chez Christie's. Claude Pompidou voulait l'*Arbre argenté* pour le Centre. À mon avis, Germain Viatte va tout faire pour l'acquérir. Denise René, quant à elle, rêve du Poliakoff, mais elle a moins de moyens. La sœur voudra évidemment plus. La prochaine étape, c'est la maison.

Gréco revoyait les tableaux. Elle pensait à Alexander Sthol qui se levait la nuit pour admirer le Mondrian. Elle reprit soudain le fil de la conversation :

– Comment ça ?

– La mise en vente de la villa E.1027.

– Vous croyez ?

– Oui, c'est sûr.

– Vous avez peut-être raison.

– Cela n'a pas l'air de vous faire plaisir. Vous avez l'air ailleurs. Gréco, vous m'écoutez ?

– Oui ? Pardon. Si, si. Ce serait formidable, évidemment.

Le serveur leur apporta les entrées. Du San Daniele fondant avec de petites bouchées au parmesan et au romarin.

L'avocat était très déterminé. Il pointa sa fourchette vers Gréco :

– Si on vend correctement votre boutique de New York, à mon avis, la maison est à vous. C'est une histoire de quelques mois. Il ne faudra pas attendre trop pour se décider.

Il s'exprimait avec fermeté mais sa voix restait très agréable. Gréco semblait plus détendue, mais encore distraite. Certains détails venaient à elle comme une hallucination. Par exemple, les pois sur la cravate de l'avocat devenaient des trous.

– Le Centre Georges-Pompidou aurait dû s'appeler le Centre Claude-Pompidou, non ? Franchement, lança Gréco avec un grand sens de l'à-propos.

– Oui, vous avez raison, dit l'avocat un peu surpris mais s'efforçant de ne pas perdre le fil de la conversation. L'IRCAM aussi, c'est elle. Et le fonds Kandinsky.

– Elle ne manquait pas un concert de Pierre Boulez. Elle était au premier rang, toujours.

– Après, j'ai commandé du turbot.

– C’est gentil. Vous savez comme j’aime ça.

De la terrasse, ils avaient une vue très belle. Derrière eux, les grandes vitres du restaurant, plus claires qu’un miroir, reflétaient la mer, le ciel, la côte découpée et les petits sommets qui, à cet endroit, dominaient la Riviera. Gréco reconnut le mont Ours, le Grand Mont, le Roc d’Ormea.

– Alors ? demanda l’avocat.

Il fixait Gréco, espérant lui remettre les pieds sur terre.

– Alors quoi ?

– Vous êtes toujours d’accord pour acquérir la villa ?

– Je *veux* acheter la villa E.1027. Vous me conseillez quoi dans l’immédiat ? dois-je prévenir l’agence à New York ?

– Oui, je pense.

Le serveur, une assiette légèrement creuse dans chaque main, annonça : deux *Turbots nage folle, griottes.*

*

À la fin du déjeuner, Gréco, changeant soudain d'humeur, demanda à son avocat, d'un ton presque suppliant :

– Restez un peu.

– Je resterai aussi longtemps que vous voudrez. Vous n'avez pas l'air bien, ma chère. Vous êtes préoccupée.

Elle vit la main de l'avocat qui cherchait la sienne sur le côté de la table.

– Je suis avec vous, Gréco. Vous pourrez toujours compter sur moi.

– Il faut que je vous parle de quelque chose, dit-elle.

– Bien sûr. Je vous écoute.

– Deux personnes habitent la villa.

– Vous logez des amis ?

– Non.

– Mais alors ?

– Il y a deux personnes dans la villa E.1027.

L'avocat pâlit.

– Comment est-ce possible ? Les scellés ?

– Coupés. J'ai même retrouvé des bouts de la petite ficelle blanche, le carton…

– Ce n'est pas possible…

– Si.

– Vous avez prévenu la mairie, la police municipale ?

– Non.

– Mais c'est de l'inconscience, Gréco. Vous êtes folle. Comment pouvez-vous… ?

Gréco lui mit la main sur l'épaule pour contenir sa colère.

– Du calme, mon cher, du calme. Ce n'est pas la fin du monde.

L'avocat devint rouge, il était hors de lui :

– Vous vous rendez compte ? Et vous voulez que je vous fasse confiance maintenant ?

– Ce sont des jeunes gens tout à fait sympathiques. Un couple. Enfin je n'en sais rien, peu importe. Un garçon et une fille. De jeunes danseurs.

– Parce que vous les connaissez, en plus ?

– Un peu, à force. On se voit presque tous les jours, pour vous dire la vérité.

L'avocat leva les yeux au ciel.

– Calmez-vous, enfin. Je vous dis que ce n'est rien. Ils n'abîment rien. De toute façon vous savez dans quel état de délabrement est la villa.

L'avocat était suffoqué. Voulant s'essuyer le coin de la bouche, il prit la nappe pour sa serviette, s'en aperçut :

– Zut !

Gréco sourit.

– Ils partiront le moment venu. Je vous le promets. Ils sont adorables.

L'avocat la regarda d'un air inquiet.

Au-dessus d'eux, il y avait, dans un pot suspendu au bout de trois chaînettes, des volubilis dont les feuilles et les fleurs bleues retombaient en chevelure dans le vide.

19.

– On a pensé que vous ne viendriez plus, dit Tessa.

– Je suis allée chercher mes journaux et les magazines. Cela m'a ralentie.

Quelque chose troubla Gréco lorsqu'elle entra ce matin-là dans le salon de la villa. Elle reconnut une odeur de fumée, de fumée morte. Elle comprit en les voyant au sol et sur les rebords des fenêtres que c'étaient des bougies et des chauffe-plats qui avaient brûlé une partie de la nuit.

Louison s'approcha de Gréco.

– Vous permettez ?

– Qu'y a-t-il ?

– Vous avez quelque chose dans les cheveux. Ce n'est presque rien.

Il passa doucement sa main dans les cheveux fins, longs et blancs de Gréco pour enlever une petite particule claire que le vent avait dû y laisser. En redescendant ses doigts, Louison les resserra légèrement, dessinant dans la chevelure de petites parallèles, comme le passage d'un peigne.

– J'ai oublié mon chapeau de paille, remarqua Gréco. Cela m'apprendra.

– Regardez. C'était juste cela, dit Louison.

Sur sa paume ouverte était posée une petite feuille vernissée de citronnier.

Au bout de l'escalier qui descendait à la mer, les marches devenaient des dalles. Elles formaient une terrasse ronde, comme le haut d'une tourelle suspendue au-dessus de l'eau. C'était l'endroit idéal pour se baigner.

À droite, en léger contrebas, sur la plage du Buse, les parasols étaient chaque jour plus nombreux. Avec leur fine coupole, leur armature visible, luisant de l'éclat mat que le soleil de midi leur conférait, ils faisaient penser à ces micro-organismes marins unicellulaires appelés radiolaires.

Gréco retira sa robe. Elle la plia et la posa à côté de ses chaussures sur les rochers. Son maillot de bain une pièce était gris foncé avec un décolleté arrondi.

Un peu gênée, Gréco tenait sa serviette repliée contre son corps.

Tessa à ses côtés retirait ses vêtements en chantonnant. Elle chantait faux mais cela avait du charme.

Tessa demanda à Gréco :

– Vous voulez que je vous passe de la crème solaire dans le dos ?

– Non, c'est gentil. Vous savez, à mon âge, je ne crains plus grand-chose.

Tessa se déshabilla complètement.

Là, Gréco, d'un air à la fois souverain et légèrement étonné, demanda :

– Vous n'êtes pas naturiste, quand même ?

– Un peu, si. C'est tellement agréable. Vous ne trouvez pas ? Vous n'aimez pas être nue ?

– Je n'aime pas me montrer nue. C'est bien différent.

– C'est vrai.

– Le naturisme, je ne supporte pas ça physiquement, dit Gréco. La communion avec le grand tout, c'est autre chose, selon moi. Et puis, j'ai toujours été attirée par les styles sophistiqués, la beauté artificielle. Warhol. Garbo. Jayne Mansfield. Les gens comme cela. Vous voyez? Par réaction, je pense.

– À quoi?

– Comment?

– Par réaction à quoi?

Gréco s'arrêta. Elle avait les yeux tournés vers Tessa mais elle avait l'air subitement absente.

Tessa lui serra le poignet :

– Ça va?

Gréco portait ce jour-là un gros bracelet doré. Tessa regarda cette zone noueuse et le bijou dont les bords appuyaient sur la saillie des os. Elle eut soudain l'image de Gréco comme un vieil oiseau bagué.

Gréco, revenant de loin, la voix détimbrée :

– Oui. Pardon.

– Vous ne vous sentez pas bien ?

– Ne vous en faites pas. Pour la baignade, finalement, je ne suis pas sûre. On verra.

Sa voix retrouvait progressivement sa couleur.

– Il y a du vent. Cela a dû refroidir la température de l'eau. Je vous avoue, je préfère la fin de journée. Il paraît que c'est mieux de toute façon. Il y a moins de risque d'hydrocution. Une histoire de métabolisme lent ou rapide. J'ai oublié. J'ai pourtant lu un article très complet sur le sujet dans les pages santé du *New York Times*.

Gréco avança d'un pas maladroit, comme si elle réapprenait à marcher. Elle se retournait tout le temps. Elle n'aimait pas se sentir épiée. Depuis deux ou trois ans, elle trouvait qu'elle avait du ventre et un dos de tortue.

Tessa et Louison n'étaient plus là. Ils nageaient déjà loin.

Gréco descendit doucement dans les rochers. Elle se pencha en se tenant d'une main à une pierre chaude et rugueuse. Dans l'autre, elle recueillit un peu d'eau et la fit couler sur sa nuque. Puis, d'un coup, elle se jeta dans l'eau.

20.

Ils commencèrent à se voir rituellement les fins d'après-midi. Louison arrivait souvent maquillé et vêtu de tenues qu'il improvisait chaque jour. Tee-shirts ou serviettes enroulés en turban sur la tête. Débardeur en tissu éponge ou maille ajourée. Ocelles peints sur le torse et les bras. Lèvres, paupières et cils colorés en vert, violet ou jaune colza. Comme un oiseau d'Amazonie ou une abeille poudreuse, pleine de pollen. Il portait des maillots de bain de femme qu'il trouvait dans les marchés. Des deux-pièces fluo ou émeraude. Haut et bas dépareillés. Ou dont il remontait plus haut que la poitrine les deux triangles coulissants, laissant la poitrine visible.

– J'aime bien. C'est bizarre. Un peu moche. Mais c'est le bon moche, disait Gréco.

Ils se baignaient. S'amusaient beaucoup.

Louison et Tessa adoraient nager nus sous l'eau. Ils aspiraient beaucoup d'air pour faire durer le plus longtemps possible l'état d'apesanteur. Ils ouvraient les yeux. Dans l'eau, le soleil formait comme de fines paillettes d'or qui tournoyaient en scintillant. Leur corps pouvait être à la fois étincelant et étrangement pâle, soudain refroidi par la lumière. Les chevelures étaient comme des crinières flottantes. Tessa et Louison prenaient l'eau avec les mains et la repoussaient vigoureusement. Ils s'enfonçaient peu à peu, le visage en proue. Les bras le long du corps, ondulant comme des nageoires. Des poissons à ventre blanc les frôlaient quelquefois par bancs entiers. D'un coup de pied, ils provoquaient de brusques accélérations qu'ils atténuaient ensuite par des mouvements ralentis, dessinant des trajectoires au cours heurté, avec des instants d'équilibre. Ils rasaient les récifs coupants, évoluaient parmi les algues ocre. D'autres fois, ils luttaient pour rester verticaux ou assis en tailleur, en faisant des gestes de nage inversés, les cheveux comme aspirés au-dessus d'eux. Joues élastiques gonflées, puis se creusant. De la commissure des lèvres, des narines ou du coin des yeux, s'échappaient alors des colonnes de petites bulles, qui remontaient en grappes, s'agglutinaient et formaient à la surface de la mer des couronnes de mousse.

Gréco avait fini par nager nue, elle aussi. Elle se déshabillait, mais pas tout de suite. Elle retirait son maillot, discrètement, après être entrée dans l'eau. Elle le déposait au creux d'un rocher et elle le remettait en sortant. Jusqu'à ce qu'un jour, une vague plus forte que les autres l'emporte, encourageant Gréco à opérer un changement plus radical. Elle découvrit qu'être nue dans l'eau de mer, contrairement à ce qu'elle avait toujours pensé, était très agréable.

Elle plongeait quelquefois. Bras bien tendus en avant, la tête enfoncée entre les épaules. Elle visait juste devant elle. Sans y mettre trop d'effort. Aussi parce que sans ses lunettes elle se sentait vulnérable et, surtout, elle n'y voyait pas grand-chose. Elle se lançait quand même. Nageait. Puis elle se laissait porter en faisant la planche. Tessa et Louison n'étaient jamais très loin. Cela la rassurait. Ses longs cheveux blancs détachés ondoyaient autour de sa tête comme les flammes qui surmontent le visage des divinités indiennes.

Après le bain, Tessa, Louison et Gréco faisaient des goûters de fruits. Ils pelaient à la main des figues de Barbarie.

Des effluves tièdes de fleurs sèches et de cumin se mêlaient à l'odeur du melon.

Orientés vers la mer, ils ne voyaient ni la plage du Buse ni Monaco.

Louison était souvent allongé le torse un peu soulevé, un coude en équerre. Il avait de petites écorchures sur la peau. Son maquillage fondait toujours dans l'eau, laissant la place ici et là à de légères marques blanches de sel.

Tessa aimait être assise, les talons nus calés contre une roche qui faisait comme une marche. Gréco, quelques mètres plus bas, se lissait les cheveux.

Ils étaient comme sur le rivage d'une île.

*

Ces journées de baignades enchantaient Gréco, lui apportant l'image même du bonheur.

21.

Une semaine puis deux passèrent, sans qu'il soit question pour Tessa et Louison de partir. Ils campaient toujours dans la villa, dormaient dans des sacs de couchage, cuisinaient sur leur réchaud à gaz.

Un jour, Gréco leur dit :

– Je vais vous montrer une plage que j'aime beaucoup. Il faut marcher dix minutes dans la direction de Cap-Martin. C'est petit mais charmant. Vous venez ?

– Oui ! répondirent Tessa et Louison, toujours curieux.

Ils prirent le sentier des douaniers.

Louison avançait plus vite. Gréco lui dit, en projetant la voix :

– Quand vous verrez un grand pin parasol au tronc presque couché au-dessus de roches noirâtres, vous vous arrêterez.

– D'accord. À tout de suite.

Le sentier faisait des lacets. Louison était loin devant. Gréco et Tessa marchaient du même pas. Elles discutaient entre elles. Soudain elles ne virent plus Louison. Cela dura près de cinq minutes. Elles n'étaient pas particulièrement inquiètes. Puis, à un moment donné, le chemin se rouvrait. Elles réaperçurent la silhouette de Louison qui se tenait à côté du grand pin oblique. Il avait escaladé un petit rocher. Il ne bougeait pas. Il semblait regarder les autres rochers en dessous qui tombaient à pic dans la mer. Le vent gonflait le tissu de son débardeur. À un moment, il se dressa sur la pointe des orteils, ouvrit les bras. Après quelques secondes, il se laissa tomber.

Il y eut un silence. Puis Gréco cria. Un long cri d'effroi.

Tessa eut longtemps dans l'oreille cette stridence.

Elles furent d'abord paralysées, osant à peine avancer. Gréco savait qu'à cet endroit se dressaient des roches en dents de scie redoutablement coupantes. Tessa se mit à courir vers le grand pin. Elle fut bientôt rejointe par Gréco. Leurs jambes tremblaient. Elles observèrent les rochers, balayant du regard la zone qui était juste en dessous, puis fouillant méthodiquement chaque anfractuosité. Par instants, tout devenait flou, elles ne voyaient plus rien. Elles attribuèrent cela à l'émotion. Elles scrutèrent à nouveau chaque rocher, en criant le prénom de Louison. Il était peut-être coincé quelque part, blessé, sans pouvoir ni bouger ni parler. La mer bouillonnait derrière. Il y avait une odeur de nid pourri. L'endroit parut soudain sombre et menaçant à Gréco.

Tessa semblait inquiète elle aussi, mais dans une moindre mesure.

Elles passèrent une heure à chercher Louison. Elles trouvèrent un passage plein d'épines qui menait au rivage. Rien.

Gréco s'apprêtait à rentrer chez elle pour appeler les gendarmes. Avec Tessa, elles scrutèrent ensemble une dernière fois les rochers, la mer, en vain.

Elles décidèrent de prendre le sentier en sens inverse. Gréco était épuisée. Les petites veines de son front saillaient. Ses clips lui brûlaient les oreilles. Une peur terrible dominait toutes ses pensées.

À un moment, elle perçut un son. Elle leva les yeux vers le point d'où celui-ci semblait provenir. Tessa aussi regarda dans cette direction. Il y eut un deuxième son, plus fort mais plus sourd.

De derrière un rocher, un peu en contrebas, surgit, d'abord le haut du crâne, le front, le visage, puis tout le corps d'un homme, couvert d'algues et de poussière. Il soufflait, exténué et pantelant. Ses cheveux et ses mains étaient englués de sang. Il semblait faire d'immenses efforts pour gravir des rochers. Il réussit à rejoindre le sentier. Il dut s'adosser un moment à un tronc avant de se redresser. Il avait les pieds tout tordus, les orteils recroquevillés. Il marchait sur la tranche extérieure des pieds. Sa bouche crachait des brindilles prises dans des filaments rouges visqueux, dont certains restaient un moment accrochés à ses lèvres. Gréco, repoussée par l'aspect hideux de cet homme à la tête de méduse, s'éloigna à reculons. L'homme avançait vers elle. Il montrait ses blessures. Des gouttes de sang coulaient le long de ses tempes et s'écrasaient en pastilles rouge vif sur le sol brun clair du sentier. Ce qu'il articulait était incompréhensible, c'étaient des râles, mi-implorants, mi-menaçants, comme un bruit de cailloux roulés.

Gréco resta à une certaine distance. Elle était de plus en plus horrifiée. Elle tira un mouchoir qu'elle appliqua sur sa bouche, comme pour réprimer des cris ou parce que le spectacle lui causait la nausée.

– On s'en va, vite ! Venez ! lança Tessa qui s'était rapprochée. Elle tira Gréco par le coude, l'engageant à partir. Tessa mit toutes ses forces pour l'entraîner, sentant que, seule, Gréco n'y serait pas arrivée.

Le poing serré et un mouchoir en tampon sur la bouche, Gréco se retourna une dernière fois sur l'homme dégoulinant. Elle était bouleversée et honteuse de ne pas lui venir en secours.

22.

– Allons-nous-en ! dit Tessa.

Gréco ne se fit pas prier longtemps. Elle partit, mais elle ne réussit pas à courir. Elle marchait aussi vite qu'elle le pouvait, voûtée sous le soleil et la fatigue. Elle haletait. C'était trop dur. Elle n'en pouvait plus.

Gréco était à la hauteur de Tessa, qui d'abord resta muette. Dans ce décor de pierres claires, son profil se détachait à peine, comme tracé à la craie. À un moment Tessa dit :

– C'est peut-être une de ses farces.

Gréco s'arrêta net. Regarda Tessa droit dans les yeux.

– Comment ça ? une farce ?

– J'aurais dû vous prévenir.

– Me prévenir de quoi ? demanda Gréco entre deux hoquets. Elle ne comprenait pas.

– J'aurais dû vous parler de Louison et de ses mises en scène macabres. Il ne me prévient pas toujours, vous savez. Il ne faut pas lui en vouloir. Il meurt régulièrement. Il meurt pour rire. C'est son plaisir. Il adore faire peur. Il se ruine en maquillage. Il achète ce qui se fait de mieux. Plusieurs fois, il a été assistant pour des tournages. Blessures, brûlures. Cicatrices. Il maîtrise toute une gamme d'effets. C'est toujours très réaliste. Il règle avec beaucoup de précautions des choses terribles, les pires atrocités, mais en fait c'est à chaque fois un numéro de cabaret.

À cet endroit, le sentier était ombragé. Il faisait moins chaud. Gréco respirait un peu mais elle avait encore les yeux fixes. Elle revoyait cette apparition monstrueuse. Tout se redéroulait dans sa tête. Elle était très secouée.

*

Louison était arrivé avant Gréco et Tessa à la villa E.1027. Il était passé par les rochers. Il se lavait à l'eau du robinet, au rez-de-chaussée. Du faux sang délayé ruisselait sur son torse et le long de ses jambes. Il était en short. Tessa disparut vite dans la chambre, le laissant avec Gréco un moment.

Louison parlait, tout en s'ébrouant, la tête sous le robinet :

– Vous avez vu ce maquillage ? Et ma chevelure d'algues ? Elle était bien, non ? Après le plongeon, je suis bien retombé. J'ai visé une petite zone de sable. Je n'ai qu'une égratignure au coude. Presque rien. Ensuite, j'ai trouvé un coin où me préparer. Une cavité creusée par l'eau, comme une grotte. Cela vous a fait de l'effet, on dirait.

Louison ferma le robinet qui était vieux et grinçant.

Gréco se tenait juste à côté de lui. Elle pataugeait dans l'eau rougie et la semelle de corde de ses chaussures commençait à être trempée.

– Vous trouvez ça drôle ?

Soudain Gréco gifla Louison. Très fort, à toute volée. Flac !

23.

Gréco ne revint plus à la villa E.1027. Toute cette histoire l'avait profondément agacée. Cela surpassait ses forces.

Elle dormit une nuit puis presque une journée entière. Le lendemain midi, elle eut la visite du grand Russe de Kazan qui avait fait mine de passer par hasard dans les environs. Il avait sonné au portail, annonçant : le Tatar. Et il était arrivé chez Gréco avec une bouteille de champagne et une boîte à chaussures qu'il lui avait tendue en arrivant.

– C'est pour vous.

– Qu'est-ce que c'est ?

– Vous ne devinez pas ?

– Ah, les globes ! Vous les avez retirés ? Mais il y a plein de reines-claudes dedans.

– En tarte ou en compote, c'est bon.

– J'adore ça, comment avez-vous deviné ?

Le Russe n'écoutait pas. Il découvrait le salon.

– C'est gentil chez vous.

Gréco arqua le sourcil, craignant soudain que le type ne s'invite chez elle trop longuement.

Le Russe de Kazan ne demanda pas à Gréco qu'elle lui fasse la visite. Il refusa même une flûte de champagne. Insistant sur le fait que c'était juste pour elle, en remerciement. Et il partit de lui-même assez vite.

Gréco pensa, il est assez sympathique, dans le fond, le vieux Tatar.

*

En fin de journée, chez elle, au calme, Gréco reprit son carnet à dessin qui était resté ouvert à la page du tabouret. Elle choisit une nouvelle page blanche. De la pointe bien taillée d'un crayon, et délaissant progressivement les espaces physiques pour des espaces mentaux, Gréco se mit à tracer un plan étrange : le contour des zones contenues à l'intérieur de sa boîte crânienne, cette coupole d'ivoire protégeant son cerveau qui la fascinait. Elle tenta de définir et distribuer des salles qu'elle se représentait assez précisément. Certaines disposées en enfilade, d'autres reliées par des escaliers blancs. D'autres encore, complètement isolées, sans portes ni fenêtres. Elle essayait de leur donner à toutes un nom. La salle des éblouissements. La salle des simulacres et du néant. La salle des solitudes. La salle du crime. La salle des mondes flottants. La salle des paysages innombrables. La salle des intuitions cosmogoniques. La salle des errances et des voyages de l'âme. La salle des antériorités inaccessibles. La salle des langues. La salle du bestiaire. La salle des architectures noires. La salle du flou et des opacités. La salle des visages effacés. La salle du regard des statues. La salle des utopies. La salle des soubresauts de la mémoire. La salle des espaces infinis. La salle du songe. La salle des cartes. La salle des ombres. La salle des morts. La salle des parfums de l'enfance.

Elle définit de nombreuses annexes, laissant deux ou trois salles sans nom et inexplorées. Tout cela l'exalta et lui procura en même temps un léger vertige.

*

Le soir, dans la villa E.1027, les flammes des bougies s'aplatissaient et se redressaient comme de fines langues au gré des courants d'air. Par instants, leur ondulation se figeait, retenant les ombres sur les murs du salon.

24.

Gréco et les jeunes gens se revirent à la terrasse du Big-Boss. Tessa et Louison s'y étaient installés dès le début de la matinée, espérant y revoir une dernière fois Gréco.

Ils l'aperçurent qui passait non loin. Gréco se fit prier pour s'asseoir et prendre un café avec eux.

Tessa commença d'un ton un peu solennel :

– On voulait vous dire…

Gréco ne répondit rien, feignant l'indifférence.

– Tessa et moi, nous allons partir.

– Ce n'est pas trop tôt.

Tessa, déstabilisée, poursuivit malgré tout, sans perdre de vue ce qu'elle avait en tête :

– Avant, on voudrait que vous nous parliez de Monte Verità.

– Comment êtes-vous au courant ?

– La première fois que je suis venue chez vous, j'ai lu ce nom écrit sur des cartons.

– Je ne veux plus en entendre parler.

– S'il vous plaît.

– Quelques mots.

– Mary Wigman, vous l'avez connue ?

– Vous avez vu *La Danse de la sorcière* ? Le polyèdre de Laban ?

Il y eut un long silence.

– Je n'avais pas deux ans quand ont eu lieu les dernières danses d'été, soupira Gréco. Vous imaginez ? Les images se sont toutes effacées. Et de ma famille, vous savez, je n'ai presque rien. Tout a été perdu. J'ai en effet chez moi des cartons pleins de vieux papiers qui ne sont même pas les miens. Si cela vous intéresse vraiment.

– Évidemment que cela nous intéresse.
– On veut voir ça. On vous aidera.
– Si vous insistez.

La femme-dans-la-fenêtre était assise juste à côté, cachée derrière de grandes lunettes noires. Cela ne l'empêchait pas de porter un regard attentif sur Gréco et sur les jeunes gens, tellement absorbés qu'ils ne l'avaient même pas remarquée. Elle avait tout écouté.

*

Un chat gris s'était glissé par la petite fenêtre coulissante du Ford Transit qui était restée entrouverte. Il dormait lorsque Tessa et Louison étaient entrés dans la cabine pour se rendre au marché. Ils durent revenir sur le parking et libérer le chat qui, au bout de quelques minutes de route, s'était mis à cracher, la queue ébouriffée, les pupilles dans la pénombre comme deux morceaux de charbon brillants.

*

Dans la baie de Monaco, on pouvait suivre les mouvements d'une flottille de yachts blancs. Sur la plage du Buse, des enfants ramassaient des galets, des bouts de verre polis par la mer et une fleur de tong prise dans des cristaux de sel.

25.

Le soir même, Louison et Tessa se rendirent chez Gréco pour l'aider à trier ses archives.

Ils étaient tous les trois autour d'une table sur laquelle ils venaient de vider le contenu de deux cartons qui leur avait un peu glissé des mains. Des papiers jonchaient la table, certains non dépliés, en piles instables. Cela faisait comme un paysage feuilleté, avec des monticules de feuilles volantes en noir et blanc qui se chevauchaient. La lumière oblique du soir accentuait l'effet de carte en relief.

Gréco avait ouvert un vin rare dont un ancien client lui faisait envoyer quelques bouteilles tous les ans, depuis vingt-cinq ans. Elle le servit dans des verres de Bohême.

Elle considéra, impressionnée, la montagne de papiers :

– Tout cela, c'est grâce à Esther, ma vieille amie de Turin. C'est elle qui, lors d'un dîner à Civitanova, a rencontré Harald Szeemann. Un historien de l'art et commissaire d'exposition incroyable, vous le connaissez ?

Louison fit non de la tête. Cela disait quelque chose à Tessa :

– L'expo « Quand les attitudes deviennent formes », ce n'était pas lui le curateur ?

– Si, bien sûr. Et trois ans plus tard, il a organisé la Documenta 5. C'est un type important et vraiment à part. J'avais beaucoup aimé son idée de musée des Obsessions, quand il avait montré chez lui, dans son propre appartement, en guise d'hommage, les fers à friser et tout le matériel ayant appartenu à son grand-père coiffeur, un génie de la mise en plis. À un moment donné, peut-être parce qu'il s'est installé dans les Grisons, et sans doute parce que cela aussi était proche de ses préoccupations, je ne sais pas, je ne comprends pas toujours tout ce que m'explique Esther, Szeemann s'est pris de passion pour Monte Verità. Pendant plusieurs années, il a collecté et réuni énormément d'archives. À ce dîner donc, Esther, qui était au courant de ses recherches, lui a parlé de mon histoire. Szeemann me connaissait vaguement de nom. Il a gentiment fait faire des centaines de photocopies pour moi. Des cartes postales, des lettres, des coupures de journaux. Il m'a fait tout envoyer. Dans le lot, il y avait deux photos de groupe avec mes parents. Sur le moment, cela m'a bouleversée, profondément. Et puis j'ai eu un mouvement de rejet tout aussi violent. Au point que j'ai tout fourré dans deux cartons. Je n'ai jamais eu le courage de les rouvrir.

Le regard de Gréco se tenait un peu au-dessus du tas de papiers.

Tessa et Louison percevaient dans son visage une tension mais aussi un désir puissant de s'exprimer.

– Bon. Je vais essayer de reconstituer pour vous les pièces du puzzle.

Mes parents ont quitté Ascona en 1926, commença Gréco. Avec un autre couple, originaire des Grisons, Walter et Chiara Lindtberg. Walter Lindtberg s'est beaucoup occupé de moi enfant. Mes parents me parlaient le russe, Walter et Chiara le romanche. Dès 1923, à Monte Verità, plus personne ne s'entendait sur rien. Ida Hofmann et Henri Oedenkoven, les fondateurs de la communauté, sont partis à São Paulo en passant par l'Espagne. Nous, nous sommes restés à Ascona avec l'idée de les rejoindre.

Malgré toutes les crises qu'a pu traverser la communauté, Walter, Chiara, Ida, Henri et mes parents sont demeurés très liés. Monte Verità se confond, je crois, avec l'histoire de leur amitié. Ils étaient partis en 1900 de Munich. Mes parents, Ida et Henri habitaient le quartier de Schwabing où vivaient beaucoup d'artistes, d'anarchistes et de marginaux. Walter et Chiara tenaient une petite librairie libertaire. Ida, Henri et mes parents s'étaient connus un an plus tôt à Veldes, en Autriche-Hongrie, lors d'un séjour dans une communauté pratiquant le végétarisme et les bains de soleil. L'automne suivant, ils se sont tous retrouvés à Munich où ils jetèrent les bases de leur projet. Puis ils partirent tous les six au printemps pour Ascona, avec deux malles en osier pleines de livres, une caisse à outils en bois, trois grands tapis roulés, cinq valises en carton bouilli. Ils ont passé quelques jours dans une pension bon marché, étudiant les cartes de la région. Ils ont exploré en calèche une zone au sud de Locarno. Ils payaient tout avec leurs livres, de beaux livres reliés. Goethe, Heinrich Heine, Gottfried Keller, Léon Tolstoï. Ou des bijoux provenant de leur trousseau. En très peu de temps, ils se sont dessaisis de tous leurs objets de prix, préférant le troc. Le site, tel qu'ils le découvrirent le premier jour, était un terrain en friche, mais il s'en dégageait je ne sais quoi de doux, d'accueillant. Ils s'étaient sentis bizarrement aimantés par l'endroit. C'est ce qu'ils m'ont toujours raconté, enfant. La végétation aussi les avait fascinés : palmiers, magnolias, mimosas. L'endroit bénéficiait d'un microclimat. Ils construisirent d'abord une cabane, puis tout un village autour d'un bâtiment de quatre étages. Quelques mois plus tard, ils proposèrent des repas végétariens pour des curistes. Ils édifièrent des huttes dites « air-lumière » disposant chacune d'une petite terrasse, avec des bassins. Eau chaude, eau froide, vidange automatique.

– C'est incroyable, dit Tessa.

– Oui.

Gréco but une gorgée de vin.

– Pour quelqu'un qui n'a aucun souvenir, vous vous défendez bien.

– Oui, finalement, vous voyez, cela revient. Ce sont peut-être toutes vos questions. Mes parents me parlaient beaucoup, et Ida, qui a retrouvé ma trace après leur mort, m'a écrit une longue lettre pour me raconter la vie de mes parents. Je l'ai ouverte quand j'ai eu dix-huit ans. Elle m'a expliqué, notamment, comment Gustav Gräser, l'un des membres de la communauté, avait progressivement rompu avec les autres, se retirant dans une grotte à Arceno pour mener une vie d'ermite. Il lisait et traduisait le *Tao Te King* de Lao-tseu. Il a exercé une vraie fascination sur Hermann Hesse qui a séjourné plusieurs fois à Monte Verità. Si vous lisez *Demian*, vous verrez, le garçon étrange que rencontre Émile, c'est lui. Gräser a voyagé ensuite sur les routes de Suisse et d'Allemagne dans une roulotte tirée par une mule. Pendant la Seconde Guerre mondiale, il a vécu caché dans une bibliothèque à Berlin, toujours hirsute, maigre et vêtu de loques. Les nazis l'ont arrêté et persécuté, menaçant de l'envoyer à Buchenwald. Personne ne sait très bien comment il a survécu. La dernière trace qu'on a retrouvée de lui est une photographie. On le voit marchant, avec son allure invraisemblable, l'air digne et douloureux, à Munich, devant des ruines. Ce récit m'avait vraiment bouleversée.

Gréco s'arrêta. Il y eut quelques secondes de silence.

– À Monte Verità, que s'est-il passé à la fin ? demanda Louison. Pourquoi sont-ils tous partis ?

– Au début, il y avait du monde. Des naturistes, des anarchistes, des théosophes, des originaux. On peut dire que l'aventure a tout de suite remporté un certain succès. Or, Gustav, Ida, les Lindtberg et mes parents rêvaient d'une société sans argent. Henri était plus circonspect sur cette question. Les derniers venus au sein de la communauté n'ont pas réussi à s'entendre sur ces questions. Et puis, il y a eu des histoires. Des drames sentimentaux. Un suicide même. Sans compter que les habitants d'Ascona, d'abord moqueurs et pour certains voyeurs, étaient devenus franchement hostiles. Il a fallu partir. Ma mère connaissait quelqu'un à Genève au consulat du Brésil. J'étais petite, j'avais neuf ans. Mais je revois tout très bien. Au consulat, un homme élégant aux cheveux noirs nous a reçus. Il a téléphoné, à un moment il a passé le combiné à mon père. On a attendu trois jours dans un hôtel. Imaginez, à cinq dans une chambre minuscule. Il faisait froid. La dame de la réception qui avait deux filles m'a prêté un manteau chaud. Cela a été un choc pour moi, ce bref séjour. Je n'avais jamais vu un poste de TSF, un fer à repasser, un cinéma. Un matin, nous sommes retournés au consulat. L'homme aux cheveux noirs a donné à mes parents des papiers et une liasse de billets de banque. Mes parents étaient horrifiés. Ils ont été contraints d'accepter, ils n'avaient pas le choix. Le vol a été long. Mais moi j'étais folle de joie. C'était incroyable. La terre, les rivières, la mer, vues d'un avion à hélices. Les années au Brésil ont été très dures. Ida et Henri ne donnaient plus signe de vie. Mes parents n'ont jamais compris. Ils sont partis avec les Lindtberg travailler dans une exploitation autogérée de canne à sucre. Je restais toute la journée au village avec les autres enfants dont je ne comprenais pas la langue. C'est là que je me suis mise à dessiner. Je dessinais longtemps, un tas de choses. Des cartes d'Europe, des bateaux, des avions, des trains, des tramways. Mes parents et les Lindtberg sont morts tous les quatre dans un accident de voiture sur une route du Minais Gerais. On m'a inscrite dans un pensionnat à Belo Horizonte. J'y ai vécu jusqu'à mes dix-sept ans. Sans doute le pire moment de ma vie. J'y ai quand même appris le portugais, l'anglais. Ensuite, j'ai suivi une famille comme fille au pair en France. Un couple très riche. Lui dirigeait un laboratoire pharmaceutique. Toutes mes affaires tenaient dans une valise en toile avec des coins en faux cuir. Comme j'étais douée en dessin, j'ai été prise à l'école des Arts décoratifs de la rue Beethoven. C'était en 1939, l'année de la déclaration de la guerre. La famille avec laquelle j'étais arrivée a dû partir aux États-Unis. Moi, je voulais étudier à Paris. Nous sommes restés très liés. Ils m'ont soutenue toute leur vie. J'ai trouvé une place dans un foyer de jeunes filles rue du Docteur-Blanche. Ma chambre donnait sur une étroite courette. Une horloge dans le bureau de la directrice indiquait les phases de la Lune. Je me promenais beaucoup dans Paris. J'allais tout le temps au cinéma, dans les galeries. Après mon diplôme, j'ai dessiné dix ans pour Marcel Gascoin et Jacqueline Lecoq. Ont alors commencé les belles années. J'ai rencontré des gens passionnants. Charlotte Perriand, Antoine Philippon, Pierre Paulin, Denise Fayolle, Alexander Sthol et mon amie Esther. En 1953, au vernissage d'une exposition Braque à la galerie Maeght, avenue de Téhéran, j'ai fait la connaissance de Jacques, mon mari. Trois ans plus tard, j'ai monté l'agence. J'ai tout de suite voulu rééditer du Eileen Gray. J'aimais depuis toujours son style. C'était une créatrice obscure à l'époque. Personne n'en parlait. Nous avons lié amitié. Elle m'a reçue dans son appartement de la rue Bonaparte. Jean Badovici venait de mourir. Ils étaient séparés depuis longtemps mais elle était encore sous le choc de cette nouvelle. Elle avait du mal à finir ses phrases. C'était une femme très mystérieuse de toute façon. Je trouvais ses créations totalement originales, échappant à toutes les catégories, sans âge, magnifiques.

Tandis que Gréco faisait le récit de sa vie, régulièrement, une main venait extraire du tas de papiers en désordre une feuille, en la tirant doucement, de peur de ruiner la fragile architecture.

Louison s'arrêta sur une photocopie représentant un plateau végétarien, composé d'une pomme, un morceau de pain noir, deux radis, avec, au fond d'un petit bol, une bouillie de céréales. Tessa ne put s'empêcher de commenter :

– Ils ne devaient pas s'amuser tous les jours à Monte Verità.

Gréco grimaça.

– C'est vraiment sinistre, n'est-ce pas ? Je ne le vois pas, dans ce plateau, le syncrétisme avec la nature. Vous comprenez pourquoi je me suis construite contre tout ça.

– Mais la danse ? Rudolf Laban ? Ce devait être quelque chose.

– Je n'ai aucun souvenir de danse. (Elle marqua un temps.) Plutôt, je ne revois que des images floues. Je me rappelle presque mieux certaines journées où nous quittions la colline pour aller sur une île du lac Majeur. Des visions fugitives de ces moments-là me reviennent souvent. Je fais le même rêve qui se répète depuis des années. Un rêve plein d'étrangetés difficiles à élucider.

– Rien d'autre ?

Gréco chercha un moment, elle plissa le front. Elle se leva. Comme il commençait à faire sombre, elle alluma le plafonnier.

Louison dégustait le vin. Il leva son verre et le fit lentement tourner dans la lumière.

– Il est excellent.

Louison lut l'étiquette : montrachet, domaine de la Romanée-Conti 1976.

Soudain Gréco, heureuse de retrouver une impression précise, regarda Tessa en souriant :

– Si. À Monte Verità tout était parfumé par le feu et les herbes.

Tessa et Louison continuèrent de consulter les archives. Les commentaient. Ils se montraient des détails. Plusieurs images (une danse sous les arbres, une vue de la colline en 1900) les envoûtèrent.

Gréco ouvrit en grand la baie vitrée. Dehors les pins craquaient dans la nuit.

Une demi-heure plus tard, Tessa et Louison s'en allèrent. On voyait le faisceau de leur lampe de poche qui bougeait dans l'obscurité, tressautant, éclairant le sol puis des feuillages, comme animé d'une vie propre.

Ils avaient prévu de quitter le surlendemain la villa E.1027. Gréco avait promis qu'elle passerait leur dire au revoir.

★

On avait un soir présenté à Gréco une femme qui avait été, comme elle, une enfant de Monte Verità. C'était à une fête en 1978. Un bal chez Balthus, dans le Grand Chalet de Rossinière. C'était l'automne. La jeune femme était en costume de paon. Gréco en cygne. Elles n'avaient à aucun moment évoqué leur passé commun, ni ôté leur masque pour essayer de se reconnaître. Elles avaient simplement bu du champagne ensemble et observé les invités. Notamment un homme à la tête de chien qui faisait des gestes lents et étudiés. À un moment, elles étaient sorties dans le jardin. L'air était frais et sonore. Il y avait des murs en pierres sèches, un tapis rose de feuilles mortes. Elles avaient pensé l'une et l'autre, sans se le dire, au jardin d'Antonietta Saint Léger. Elles s'étaient assises sur une banquette en bois. Gréco trouvait agréable l'ivresse associée à la fraîcheur de la nuit. La femme-paon s'était assoupie en appuyant la tête contre l'épaule de Gréco. Des plumes s'étaient recourbées dans leur cou. Jusqu'à ce qu'un grand hibou vienne proposer une danse au cygne.

Cette soirée avait donné à Gréco un sentiment de paix et de libération. Quelque temps, elle s'était sentie moins hantée.

26.

Gréco retrouva le lendemain Tessa et Louison pour un dernier apéritif.

– C'est le même vin. Vous verrez, marié à un bon fromage.

Elle tenait une grande boîte couleur ivoire cartonnée.

– Et cela, devinez.

Louison impatient souleva un coin de la boîte :

– Oh ! une tarte tropézienne !

– Elle vient de chez Riviera à Monaco. Ce sont les meilleures. Mettez tout cela au frais.

– On se baigne d'abord ?

– Si vous voulez.

Le temps était limpide. Faible brise. L'eau était à la température idéale.

Tessa et Louison réservèrent à leur vieille amie une sorte de fête nautique, nageant et plongeant près d'elle comme une escorte de dauphins.

L'eau moussait. Un cercle d'écume s'était formé autour du trio et s'agrandissait, tandis que ses bords s'amincissaient.

Louison, lorsqu'il allait sous l'eau, plongeait presque à la verticale, laissant voir quelques secondes la plante blanche de ses pieds, laquelle disparaissait à son tour comme un éclat qui se retire.

Au-dessus d'eux passaient des vols brillants d'oiseaux.

Gréco en sortant de l'eau resta debout un moment dans le vent tiède. Elle passa la main sur son visage, dans ses cheveux, les écartant de sa nuque pour qu'ils sèchent. Elle était nue et n'y pensait même plus.

Tessa et Louison se baignaient encore. Ils nageaient côte à côte. Ils parlaient entre eux. Gréco se dit qu'ils concoctaient sans doute quelque chose. Elle alla s'asseoir sur une dalle de rocher, buste en arrière, jambes à demi repliées. Son ventre et ses seins se soulevaient, respiraient. Elle constata la naissance de nouveaux grains de beauté sur de petites zones de sa peau.

*

Au rez-de-chaussée de la maison, sur une corde tendue entre deux piliers, du linge multicolore était en train de sécher.

– On vous a préparé une surprise.

– Encore ?... Vous allez me mettre un bandeau sur les yeux ?

– Non.

– Je me méfie maintenant.

– D'abord je vais préparer une salade, dit Louison.

Ils étaient tous les trois dans la cuisine. Louison coupait des poivrons et des piments doux avec un couperet à légumes.

Tessa mettait le couvert.

Gréco était de dos. Elle goûtait le vin.

– Il est meilleur qu'hier.

À l'instant où elle se retourna pour dire quelque chose, elle entendit un grand coup de couperet suivi d'un bruit mat. Un gros morceau de poivron est tombé, pensa Gréco.

Mais soudain Louison poussa un hurlement. Gréco et Tessa, terrifiées, le regardèrent et se mirent elles aussi à crier. Elles se tenaient face à lui, paralysées.

C'était sa main que Louison venait de trancher, et qui gisait dans une flaque de sang. La vision des doigts un peu crispés ajoutait à l'horreur de la scène.

Gréco, après une seconde d'effroi et faisant un effort pour se ressaisir :

– Maintenant ça suffit, Louison. C'est assez. Vos farces sont de très mauvais goût.

Louison la fixa avec une sorte de sourire bizarre. Il était pâle. Ses lèvres remuaient doucement, parvenant tout juste à articuler :

– Ce n'est pas une farce.

Tessa, pourtant jusque-là stoïque et convaincue comme Gréco qu'il s'agissait à nouveau d'une mauvaise plaisanterie, mit ses mains sur ses yeux. C'est elle qui, cette fois, faillit s'évanouir.

Louison avait l'air de plus en plus mal. Il se tenait le bras au-dessus du coude, dos courbé. Du sang coulait de son poignet et giclait un peu partout. Il mit un genou à terre en gémissant.

Gréco, qui avait cru à une mise en scène, réalisa soudain qu'il se passait effectivement quelque chose de grave.

Elle prit un torchon, l'entailla avec la pointe d'un couteau d'office et le déchira dans le sens de la longueur. Avec, elle fit deux bandes qu'elle enroula autour de la plaie, en serrant très fort pour que cela agisse comme un garrot.

Sans lâcher le bras de Louison, elle dit alors d'une voix qui trahissait un mélange de panique et d'essai de maîtrise de soi :

– De la glace ! Tessa ! allez plutôt chercher de la glace dans le réfrigérateur du jardin. Vite. Il faut plonger sa main dans la glace. Il y a une bassine là. Prenez-la. Mettez tous les glaçons que vous trouverez.

Raclez au besoin la glace collée au bac du congélateur.

Tessa partit en courant.

Louison était livide. Il contemplait sa main toute rouge dans la mare de sang.

Gréco se détourna un moment pour respirer. Elle dut lâcher le bras de Louison pour s'appuyer à un mur. La tête lui tournait.

Quand Tessa revint avec la bassine remplie de glaçons, Louison eut un mouvement très inattendu, un peu fou, comme dicté par la douleur : il se jeta sur Tessa, l'attrapant avec la main qui lui restait, et lui passa son autre bras avec le garrot plein de sang autour du cou.

– Arrête ! Qu'est-ce qui te prend ?

Elle hurlait et se débattait. Du sang coulait sur son tee-shirt.

Louison essaya de la calmer :

– Mais oh... oh... Tessa, c'est une blague... il ne faut pas vous mettre dans cet état toutes les deux. Ohé. C'est du latex. Une main moulée en latex. *Creepy hand.* Made in USA. Tessa, tu me connais, enfin, depuis le temps.

Tessa se dégagea violemment :

– Tu es nul, Louison. Je te déteste.

– Oui. Vous êtes épuisant, dit Gréco. Je ne m'y ferai jamais. C'était donc ça votre surprise ? Merci.

Louison se baissa pour reprendre sa fausse main. Il marcha vers l'évier de la cuisine. Il la passa sous l'eau.

– Non. C'est autre chose, dit-il d'un ton boudeur.

– De toute façon, je m'en vais, dit Gréco.

27.

Louison avait retiré le capuchon de plastique qui dissimulait sa vraie main et faisait bouger ses phalanges pour les désengourdir.

– Heureusement que vous partez demain, soupira Gréco. Je vais faire un infarctus sinon.

Gréco bien sûr était restée. Elle était trop attachée à Tessa et Louison pour les quitter comme cela, après un incident pareil.

Dans la cuisine, au sol, il y avait une flaque de sang synthétique gluant, qui s'épaississait peu à peu au contact de l'air.

– C'est dégoûtant, dit Tessa.

– On s'en souviendra longtemps de vos farces et attrapes.

Gréco observait la semelle de ses chaussures à nouveau toute détrempée et rouge.

– On nettoiera ça plus tard. Venez plutôt dans le salon, dit Louison qui, entretemps, s'était remaquillé les yeux.

À l'entrée de la pièce, il y avait, posé sur une caisse en bois renversée, un projecteur de film super 8.

– Le ciné-club du dimanche soir ? Je compte sur vous pour avoir choisi un film d'épouvante. Mais comme vous vous êtes fait le maquillage de scène de Maria Callas… J'hésite.

– Dans l'un de vos cartons, l'autre soir, sous les papiers, on a trouvé ça, dit Louison en tendant à Gréco une petite enveloppe Kodak jaune et blanche que fermait une agrafe en métal. Dans la fenêtre à fin liseré rouge dédiée à la correspondance, il y avait écrit au stylo bille noir : *Monte Verità/Tanzarchiv/Kopie.*

Gréco étudia l'enveloppe dont elle semblait complètement ignorer l'existence.

– Le projecteur, c'est la dame du marché qui nous l'a dégoté, continua Louison. Un de ses amis travaillait au Vox, le cinéma de Roquebrune. Il possède toute une collection de projecteurs 8 mm, super 8, 9, 16. Avec les pièces de rechange. Ampoules, courroies. Il y a même une colleuse. Tout ce qu'on veut.

– La dame du marché ? fit répéter Gréco.

– Oui. La dame de la terrasse de café, précisa Tessa. La femme-dans-la-fenêtre.

– Elle nous a prêté des rallonges, on les toutes mises bout à bout, dit Louison.

Gréco n'en revenait pas.

Louison se mit à occulter la baie vitrée avec des journaux qu'il fixait à l'aide de scotch.

– Mais c'est mon *New York Times* !

– Oui, on vous l'a emprunté, je vous le rendrai tout à l'heure, je vous le promets.

– Vous êtes intenables.

Au même moment, Gréco, très gênée, découvrit que, de la cuisine jusqu'au lit-banquette sur lequel elle s'était assise, la semelle de ses chaussures avait laissé derrière elle des empreintes rouges humides. Elle se déchaussa et ramena ses deux jambes légèrement pliées sur le côté, s'appliquant à ne pas tacher le tissu batik.

Tessa était assise en tailleur sur le grand tapis bleu.

28.

Gréco?… C'est Esther… Tu es là?… Tu dois être sortie ou bien tu es dans ton jardin et tu n'entends pas… Il faut que je te dise… Le Palais des Expositions de Turin… il y a du nouveau… Un bout de béton est tombé sur la voiture d'un député à qui l'on montrait le site… Cela a abîmé la carrosserie… Il y a un trou dedans… Une Alfa Romeo edizione limitata… Tu te figures?… C'est remonté jusqu'à Montecitorio… Sì sì… je dis bien… La Camera dei Deputati… Ils vont faire quelque chose… L'association a reçu la garantie… Ils ont promis… Ils en ont parlé au téléjournal… Des entrepreneurs sont venus hier… Le chantier démarre dans un mois… Je n'y croyais plus… Après toutes ces années… Du béton qui troue de la tôle… et c'est la révolution… Fantastique, non ?… Il faudra que tu voies le chantier… Les grues partout… Ça va être gigantesque… Quand me rends-tu visite ?… Et toi ?… Tes squatters ?… Tu leur as dit que ce n'était pas possible de rester là ?… Ils sont partis finalement ?… Cette succession aussi c'est une chose interminable… Il va peut-être se passer quelque chose à la fin… Un bout de béton sur l'Austin de la sœur de Sthol… Pourquoi pas… Tout peut aller vite après… Non ?… C'est drôle de quoi le monde est fait… Ce grand chantier qu'est la vie… Tu peux me rappeler tard bien sûr… ou demain… quand tu veux insomma… Je t'embrasse… *Tuut tuut tuut…*

29.

– On va voir si la copie est bonne, dit Louison, qui avait encore sur les doigts des marques de faux sang séché.

Il tira doucement la pellicule qui pendait de la bobine et l'engagea dans le projecteur. Elle fut immédiatement avalée et réapparut quelques centimètres plus loin à l'arrière de l'appareil. La pellicule battait à l'intérieur de la bobine vide. Louison arrêta un instant le défilement du film. Il passa deux doigts entre les rayons pour attraper la pellicule.

La languette blanche du film dépassait.

Louison fit alors tourner d'un demi-tour la bobine prête à charger le film.

– D'après la taille des perforations, c'est du muet.

Il ramena ses cheveux en chignon sur sa tête. Il piqua dedans une grande épingle dorée.

– Je crois que c'est bon.

– Dites-moi, on dirait que vous avez fait cela toute votre vie, commenta Gréco.

– Non, c'est la première fois. Mais l'ami de la femme-dans-la-fenêtre m'a bien expliqué.

Un rectangle de lumière se forma sur le mur. Louison et Tessa avaient choisi une zone sans fresque, ni décrochement, ni meuble encastré. Avec l'éclairage cru du projecteur, ils découvrirent qu'à cet endroit il y avait une grande fissure.

Louison fit tourner de deux crans le bouton de commande.

Les battements et les grésillements du projecteur devinrent soudain plus sonores.

Une image apparut, divisée en plusieurs zones, chacune correspondant à une valeur de gris, allant du gris foncé au gris clair presque blanc. On devinait une colline ou une montagne, peut-être un lac, ou un bord de mer. C'était un peu flou et il n'y avait aucun repère, aucune indication d'échelle. Dans une partie intermédiaire, des formes verticales bougeaient.

Louison régla la taille de l'image et fit le point. Gréco en profita pour mettre ses lunettes.

Maintenant on distinguait plus nettement : un champ, des collines boisées, puis un lac. Dans le champ brûlait un feu. La lumière rasante indiquait qu'il était tard dans l'après-midi. Un groupe d'hommes et de femmes se tenait debout, le regard orienté vers un point où il n'y avait, semble-t-il, encore rien à voir. Deux personnes plus âgées et une femme enceinte étaient assises sur des bancs. Les hommes avaient la barbe et les cheveux longs. Ils étaient minces, vêtus de chemises larges et de pantalons retroussés à mi-mollet. Ils étaient pieds nus ou chaussés de sandales. Entre la tenue de moujik et celle de pâtre grec. Les femmes elles aussi, avec leur robe en cotonnade écrue, la taille serrée par une fine ceinture, avaient un style archaïsant, insituable dans l'espace et dans le temps. Pourquoi étaient-ils réunis ? Attendaient-ils la tombée du jour ? Quelques-uns se retournaient, faisaient un pas de côté, levant les mains en visière pour observer l'œil de la caméra qui les regardait.

Le film était piqueté de poussières en forme de virgules et de points. Fugitivement, des rayures noires apparaissaient, s'entrecroisaient et biffaient l'image.

Gréco avait un muscle qui lui tiraillait le dos. Elle chercha une position plus confortable sur la banquette. Elle déplia ses jambes sur le côté en les tirant avec la main. Elle avait les yeux grand ouverts. Ce film l'intriguait beaucoup.

À l'endroit de l'image où convergeaient, depuis le début, les regards de ceux qui attendaient, s'agrégea un groupe de danseuses et de danseurs en tunique claire, courte et fluide. Une sorte de chœur. À côté d'eux, un jeune homme commença à jouer du tambourin. Il fallait bien sûr imaginer le son, mais ce n'était pas très difficile. D'un même mouvement synchronisé, les danseurs levaient leurs bras au-dessus de la tête, puis les rabattaient tous ensemble le long de leurs cuisses, répétant les mêmes gestes plusieurs fois, rapidement puis moins vite et moins vigoureusement, à la fin presque avec mollesse. Les corps tremblaient un peu, ou bien c'était l'image. On ne pouvait pas dire. Cela dura un moment. Ensuite le groupe se dispersa, ou plutôt les danseurs se répartirent autrement dans l'espace en se tenant en équilibre sur les orteils. Les doigts de la main légèrement crochus, tête et yeux chavirés. Une nouvelle danse commençait, plus expressionniste et proche d'une transe.

À l'aide d'un autre bouton placé à l'arrière du projecteur, Louison fit varier la vitesse de défilement. Certains mouvements traités au ralenti ou soumis à une brusque accélération modifiaient en quelques secondes la tonalité de la scène. La danse aussi changeait alors totalement de caractère. Tout d'abord un peu hallucinée, elle devenait soudain burlesque. Louison mit un moment avant de trouver la vitesse qui lui sembla la plus accordée à la réalité qu'il essayait lui-même de comprendre à mesure qu'il la découvrait.

Tout à coup, venant de la gauche, un enfant traversa l'image pour rejoindre le groupe des spectateurs. Deux ans tout au plus. Torse et jambes nus, fesses enveloppées dans des langes. Du groupe se détacha un homme. Il tendit les bras à l'enfant qui marchait dans l'herbe en serrant ses petits poings. L'homme s'était accroupi pour être presque à la hauteur de l'enfant. Torse nu lui aussi. Une barbe lui cachait le menton et les joues. On avait de la peine à lire l'expression de son visage. Il aurait fallu observer ses yeux, ses sourcils, pour saisir quelque chose.

Le plan fut très bref. Le suivant montrait des danseurs en plan rapproché. Ils étaient de profil et semblaient retenir leurs mouvements, cela faisait comme un ralenti.

Gréco n'en revenait pas de ce qu'elle découvrait.

Cela ranimait un monde. Le temps dont elle avait senti intérieurement la survivance. En voyant l'enfant qui marchait dans l'herbe, et l'homme qui lui tendait les bras, elle fut saisie d'un frisson.

Tessa et Louison étaient également fascinés. Cela leur parlait d'eux, bizarrement, alors que c'était très loin.

La caméra s'éloigna, montrant des danseurs qui effectuaient un mouvement lent. Elle recula encore. On voyait le chœur dispersé cherchant à s'accorder sans se voir, dans un ralenti progressif. On distinguait ceux des danseurs qui étaient les plus proches, les autres au loin rapetissaient. Au bout d'un moment, les corps s'immobilisèrent.

Il y eut un plan sur le feu d'herbes. Noir. Puis le rectangle blanc réapparut sur le mur.

Gréco ferma les yeux. L'instant était en elle.

C'était la fin du film.

Dans le salon, brusquement, le temps s'affaissa.

30.

Louison n'avait pas tout de suite éteint le projecteur. On entendait le bruit de la pellicule dont le bout venait taper doucement contre l'arrière de l'appareil. Une section de plus en plus longue de la pellicule se déroulait comme un serpentin dans le vide.

Tessa se leva, sortit Louison de sa torpeur :

– Il faut l'arrêter, non ?

– Oui, pardon.

Louison, Tessa et Gréco dînèrent à l'abri du vent, dans le salon. Le fromage de chèvre, la tarte tropézienne, le vin, tout leur sembla succulent. Mais ils étaient bouleversés, chacun à sa manière, par ce qu'ils avaient vu.

Louison avait encore un peu de crème pâtissière sur les lèvres. Il s'approcha de Gréco pour l'embrasser. Au même instant, Tessa le tira en arrière par l'épaule. Elle le fit tourner sur lui-même une fois, deux fois. Il se laissait guider. Ils esquissèrent une sorte de danse paisible, décrivant tantôt un cercle tantôt une ellipse. Les images qu'ils venaient de voir les inspiraient. Ils basculaient la tête en arrière, puis le haut du buste qui dessinait une forme d'arc, au point de presque perdre l'équilibre, puis ils retrouvaient leur axe et leur solidité. Louison fermait les yeux en tournant le visage sur le côté. Tessa aussi avait l'air très concentrée. Gréco se dit qu'ils dansaient vraiment bien. Ils tournoyaient dans l'espace du salon. À un moment, ils passèrent derrière Gréco. Elle sentit la légère pression d'une main contre la sienne. C'était la main de Louison. Il la fit se lever, l'entraîna. Ils passèrent tous les trois du salon à la terrasse, poursuivant une danse lente. Ils étaient pieds nus sur les dalles encore tièdes. Ils se tenaient la main. Ils s'éloignaient, en allongeant les bras, puis ils les repliaient pour se rapprocher. Très proches ils pouvaient sentir leur souffle, respirer l'odeur de feuille de cassis dans le cou de Tessa. Ils entendaient le vent et des aboiements de chiens qui parvenaient affaiblis.

Tour à tour, ils se regardaient intensément puis fermaient les yeux. Heureux de cette fête inconnue.

Gréco dit à Louison :

– Je préfère quand vous dansez.

Leurs rires craquaient comme des pommes de pin qu'on écrase.

Les aloès et les lauriers palpitaient doucement dans le crépuscule.

31.

L'avocat de Gréco avait essayé de joindre sa cliente tout au long de la journée, puis dans la soirée après être rentré chez lui. Il était tombé, comme Esther, sur son répondeur. Gréco lui avait envoyé une lettre incompréhensible au sujet de la villa E.1027. Elle disait qu'elle renonçait finalement à l'acheter. Qu'elle abandonnait sans regret son grand projet. Elle n'éprouvait plus la nécessité de devenir propriétaire de la villa. Cet été, elle y avait passé presque deux semaines. Ça avait été merveilleux. Elle y avait vécu ce qu'elle devait y vivre. Maintenant elle voyait les choses autrement. Elle se sentait en paix.

L'avocat trouvait cela incompréhensible. Elle qui, quelques jours plus tôt, était prête à tout vendre pour acquérir la villa. C'était impossible. Il fallait qu'il lui parle. Il ne pouvait pas la laisser faire. Il avait dû se passer quelque chose. Elle avait peut-être un problème, ou quelqu'un la manipulait. Cela l'inquiétait. Il voulait savoir.

L'avocat appela dès 8 heures du matin le marchand de journaux, dont il savait qu'il connaissait Gréco. Il avait trouvé son numéro sur le Minitel. L'avocat lui expliqua en deux mots la situation. Le marchand de journaux comprit tout très vite et abonda dans son sens :

– Elle avait l'air préoccupée la dernière fois que je l'ai vue. Complètement ailleurs même, je dirais.

– Vous êtes d'accord ?

– Oui. Il y a quelque chose qui cloche. Vous avez raison.

– Ce matin tôt, j'ai appelé Alain, son jardinier. Il a cherché Gréco partout. Elle n'est pas chez elle. Il pense qu'il faut aller voir à la villa E.1027.

– Je crois aussi. Vous voulez que j'appelle la gendarmerie ?

– Oui. Mais le temps qu'ils viennent.

– Attendez, je demande à mon neveu de s'occuper du kiosque. Dans dix minutes, je suis à la villa. On s'y retrouve ?

– Entendu. Je prends ma voiture. Avec tous les virages, depuis Monaco, il faut compter vingt-cinq minutes au moins.

Ils se trouvèrent devant la porte grillagée.

Ils s'étonnèrent des câbles électriques reliés qui couraient dans le jardin et du petit frigo dans les herbes.

La porte de la villa était entrouverte. Ils virent du sang sur le sol, les meubles de la cuisine, sur le lit de la chambre et sur le carrelage du salon.

L'avocat prenait déjà des photos. Le marchand de journaux continuait fébrilement son tour. Les fenêtres occultées filtraient la lumière. Tout était plongé dans la pénombre. Il donna sans le vouloir un coup de pied dans le projecteur super 8 qui faillit tomber. Il le retint de justesse, puis tourna la tête de l'autre côté de l'appareil.

– Ils sont là ! Mon Dieu.

Il s'approcha doucement.

Sur le grand canapé-lit, Tessa, Louison et Gréco gisaient. Corps enchevêtrés, en partie dénudés, figés dans des positions insolites. Gréco avait la bouche ouverte. Tessa était sur le ventre juste à côté. On aurait dit qu'elle lui tenait le bras. Louison avait la tête enfouie dans le cou de Gréco. Bras tendus, mains rapprochées, comme s'ils les avaient, peu avant, longuement serrées. Yeux dessinés au khôl, avec quelques coulures. Ses vêtements étaient tachés de sang, comme la plante des pieds nus de Gréco, comme le sol qui allait de la cuisine à cet endroit du salon.

L'avocat avait immédiatement rejoint le marchand de journaux. Il pâlit. Il était effrayé.

Les pages du *New York Times* grossièrement scotchées aux vitres créaient une atmosphère très étrange. Les nouvelles du monde, périmées, généralement lointaines, tamisaient la lumière et immobilisaient le temps.

Le marchand de journaux appuya doucement le majeur et l'index sur le poignet de chacun des corps étendus pour leur prendre le pouls.

Son visage était grave et concentré. L'avocat s'approcha :

– Ils sont morts ?

– Non. Ils dorment.

L'auteur remercie Isabel Desesquelles de « La Maison de Pure Fiction » et le Centre Régional du livre Midi-Pyrénées.

Achevé d'imprimer sur Roto-Page
en mai 2017
par l'Imprimerie Floch à Mayenne

N° d'éditeur : 2560 – N° d'édition : 314 448
N° d'imprimeur : 91128
Dépôt légal : août 2017

Imprimé en France